Drei Steine für Betty

Für meinen Vater

Bettina Kupfer, geboren 1963, hat Schauspiel, Psychologie und Psychoanalyse studiert. Nach zahlreichen Theater-Engagements arbeitet sie immer wieder als Schauspielerin für Film und Fernsehen (u. a. *Schindlers Liste, Tatort, Drei mit Herz*) und ist Dozentin im Fach Psychologie. Daneben verfasst sie Drehbücher und ist Produzentin der Mimi & Crow Filmproduktion.

Ein verlagsneues Buch kostet in ganz Deutschland und Österreich jeweils dasselbe. Das liegt an der gesetzlichen Buchpreisbindung, die dafür sorgt, dass die kulturelle Vielfalt erhalten und für die Leser bezahlbar bleibt. Also: Egal ob im Internet, in der Großbuchhandlung, beim lokalen Buchhändler, im Dorf oder in der Stadt – überall bekommen Sie Ihre verlagsneuen Bücher zum selben Preis.

Covergestaltung: b3k-design

Vermittelt durch die Literaturagentur im
Verlag der Autoren, Frankfurt am Main
Das Glossar wurde vom Verlag hinzugefügt

Printed in Latvia
ISBN 978-3-946593-64-5
www.jacobystuart.de

Bettina Kupfer

Drei Steine *für* Betty

Verlagshaus Jacoby Stuart

Wer nur ein einziges Leben rettet,
rettet die ganze Welt.

Kapitel 1

Ich habe mich oft gefragt, ob ich Großmutter wirklich so ähnlich bin, wie Papa immer sagt. Er meint nämlich, dass Kinder meist nicht den Eltern, sondern eher den Großeltern ähnlich sind. Und er findet, dass ich Oma Minnie ganz besonders ähnlich bin und nicht Mama oder ihm. Ich weiß es nicht. Es gibt nur ein Foto von Oma, und da ist sie zwölf Jahre alt, genauso alt wie ich jetzt bin. Nicht ganz, denn ich bin gerade erst zwölf geworden, doch trotzdem, wenn man genau hinsieht, gibt es schon eine gewisse Ähnlichkeit. Sie lächelt genauso wie ich, und ihre Beine verschränkt sie auf Fotos auf dieselbe Art, wie ich es tue, fast wie ein Knicks – aber so stur wie sie ist, das bin ich nicht! Obwohl? Wenn ich etwas will, dann setze ich das auch durch. Koste es, was es wolle. Also sind wir uns wohl doch ziemlich ähnlich – Oma Minnie und ich.

Trotzdem ist Oma Minnie seltsam, und sie ist mir oft fremd. Manchmal sieht sie einfach vor sich hin und fängt an zu lachen. Oder sie sagt etwas vor sich hin, das kaum verständlich ist, oder sie wird merkwürdig, wenn es um Deutschland geht. Das ist das Thema überhaupt mit Oma. Deutschland! Sie wollte nie nach Frankfurt kommen und uns besuchen. Das hatte sie so mit sich ausgemacht, da kam man nicht dazwischen. Ich konnte das lange nicht verstehen, weil wir so eine gemütliche Wohnung haben, mit Decken bis zum Himmel und langen schweren Vorhängen vor dem Fenster, die die Welt mit all ihrem Irrsinn draußen lassen, wie Mama sagt.

Immer hat Oma einen Grund erfunden, warum es gerade nicht passte. Papa und Mama haben schon oft deshalb gestritten. Zum Beispiel als David auf die Welt kam, das war vor sechs Jahren. Da wollte Papa Oma aus Israel abholen, um ihr den winzigen David zu zeigen, doch sie weigerte sich zu kommen. Es gab deswegen ganz viel Streit. Und da habe ich Papa auch zum ersten Mal weinen gehört. Ich sollte davon nichts mitkriegen, deshalb hatte er sich im Wohnzimmer eingeschlossen. Aber ich konnte hören, wie er ganz leise weinte, und deshalb konnte ich auch in der Nacht nicht schlafen, weil es mir Angst gemacht hat. Wie kann man auch schlafen, wenn der eigene Vater weint!

Aber ich traute mich nicht zu fragen – am Tag darauf war Papa nämlich wieder normal und gut gelaunt, sodass ich schon dachte, dass ich mir das alles nur eingebildet und das Ganze bloß geträumt hatte.

Doch in der nächsten Nacht ging es wieder los. Es war zum Verrücktwerden. Ich überlegte mir damals eine Strategie, nämlich immer besonders lieb zu Papa zu sein.

Aber das hat auch nicht geholfen. Dann habe ich, wenn Papa weinte, zuerst zu Gott gebetet und mir gewünscht, dass Papa wieder glücklich wird, und danach, weil ich ja nicht schlafen konnte, habe ich das kleine Radio angeschaltet, das Papa mir zum letzten Geburtstag geschenkt hatte. Und habe es ganz leise gemacht und fest aufs Ohr gedrückt. Im Radio war immer so viel los! Vor Hörspielen habe ich mich gegruselt – aber oft kamen Lieder, die kenne ich heute noch auswendig, obwohl ich damals noch gar kein Englisch konnte.

Ein Lied war ein richtiger Ohrwurm, *Somewhere Over The Rainbow* hieß es. In diesem Lied ging es um den Himmel und dass es über dem Regenbogen einfach schön ist. Das hatte mir Mama mal übersetzt. Und genau dadurch ist sie auch dahintergekommen, dass ich Papa weinen gehört und deshalb heimlich das Radio angemacht hatte. Das hat sie wütend gemacht, und sie hat mit Papa darüber gestritten, dass Oma Minnies „Geschichte" nicht an mir hängenbleiben sollte. Ich konnte überhaupt nicht verstehen, was sie damit meinte. Denn wann immer wir Oma Minnie in Jerusalem besuchten – und das war oft –, gab es keine „Geschichte" oder so etwas. Es war immer lustig und fröhlich dort, und wir hatten alle viel Spaß zusammen.

Aber wenn ich ganz ehrlich bin – am Ende ist Oma Minnies „Geschichte" dann doch an mir hängengeblieben. Ich hätte nie gedacht, dass diese „Geschichte" einmal so wichtig für mich werden könnte und dass ich verstehen würde, warum Oma nie nach Deutschland wollte, nach Frankfurt zu uns, obwohl wir doch ihre einzige Familie sind.

Alles fing damit an, dass wir in den Sommerferien Oma Minnie in Israel besucht hatten, so wie wir das in allen Sommerferien tun. Wir wollten wie immer zuerst mit ihr zum Baden ans Rote Meer, aber dieses Mal wollten wir sie auf jeden Fall mit zu uns nach Frankfurt nehmen, zu meiner Bat Mitzwa nämlich. Und Oma Minnie hatte zugesagt, weil sie selbst nie eine Bat Mitzwa gehabt hatte, wie sie sagte, und auch deshalb die von ihrer einzigen Enkelin nicht verpassen wollte. Darauf war ich so stolz! Dass Oma wegen mir mit nach Deutschland kam und Papa deswegen fast Luftsprünge machte, weil er sich so sehr freute!

Zwei Wochen verbrachten also Oma Minnie, Papa, Mama, David und ich in Eilat am Roten Meer. Schwimmengehen, faulenzen, am Strand spielen und das Schönste: Delfine beobachten. Oma hat in Eilat eine kleine Wohnung, in der wir dann immer wohnen. Im Grunde haben wir zu fünft dort keinen Platz. Aber David und ich schlafen mit Oma im Schlafzimmer und Papa und Mama auf der Couch im Wohnzimmer. Eigentlich ist das Wohnzimmer auch die Küche, was besonders lustig ist, weil David und ich meistens schon viel früher wach sind als alle anderen, und wir uns Kakao machen, was Mama und Papa gar nicht gefällt, weil sie noch weiterschlafen möchten. Das führt dann dazu, dass es meistens eine Kissenschlacht gibt und wir danach mit Mama und Papa noch ein wenig kuscheln, während Oma das Frühstück macht. Helfen dürfen wir ihr dabei nicht, weil sie so froh darüber ist, dass wir alle zusammen sind und sie für uns sorgen kann. Sie sagt immer: „Dass ich das noch erleben darf – eine richtige kleine Familie!“

Und dann ist sie jedes Mal so gerührt, dass ihr eine winzige Träne über die Wange rollt, die ihr Papa wegumarmt. „Meine kleine Minnie Mutter“, sagt er dann zu ihr und hält sie ganz fest. Das sieht komisch aus, weil Oma wirklich sehr klein ist und Papa riesig. Dann sieht Oma aus wie ein kleines Mädchen mit vielen Falten. Und ich stelle mir vor, dass ich vielleicht auch mal einen Sohn habe, der so groß ist wie Papa, und der mich auch so umarmt und ich dann so aussehe wie Oma, so alt und klein und zerbrechlich, weil ich ihr ja so ähnlich bin, wie alle sagen.

Es gibt jedoch einen Wermutstropfen bei der ganzen Glückseligkeit in den Ferien, und das ist Opa Schmuel, den ich ja nicht gekannt habe, weil er lange, bevor ich geboren wurde, gestorben ist. „Einfach so", wie Oma Minnie immer sagt. Und sie vermisst Opa sehr. Je älter sie wird, desto mehr muss sie an ihn denken, sagt sie, und daran, dass er seine Enkel nie gesehen hat. Opa Schmuel und Oma Minnie hielten nach dem Krieg zusammen wie Pech und Schwefel, und als Opa gestorben ist, war Oma nur noch die Hälfte von einem Ganzen, und deshalb wollte Papa sie ja auch zu uns nach Frankfurt holen, damit sie nicht so alleine ist, aber sie wollte bei Opa bleiben, in Jerusalem, und ihn jeden Tag auf dem Friedhof besuchen. So wie an jenem Freitag, bevor wir alle nach Frankfurt reisen wollten.

Wir hatten uns von den Delfinen verabschiedet, die kleine Wohnung abgeschlossen und waren mit dem Auto nach Jerusalem zurückgefahren. Es war früh am Morgen, weil es da noch kühl war und besser zum Autofahren, denn im Sommer ist es in Israel ziemlich heiß, weit über vierzig Grad. Und von Eilat bis nach Jerusalem geht die Straße durch die Wüste Negev: Die Straße flimmerte vor Hitze, und das Auto mit uns Fünfen quälte sich über den Asphalt, sodass Papa fluchte und schimpfte, dass wir kein Auto mit Klimaanlage haben und immer noch mit Opas alter Schrottkarre fahren müssen, aber Oma hängt halt an Opas Auto. Und Papa eigentlich auch, selbst wenn er es nicht zugeben mag. Immerhin ist es das Auto von seinem Vater, und das kann ja nichts dafür, dass es aus der Mode gekommen ist. Außerdem ist Oma der Meinung, dass der gute alte Volvo wie ein gemütlicher Esel ist, der es nicht eilig hat und obendrein ein Teil von Opa ist, der dadurch mit uns auf die Reise geht. Oma sagt immer, dass wir im Bauch von Opa verreisen, so nennt sie nämlich das Innere von Opas Auto. Und Papa kann und will ihr den Wunsch, mit dem alten Auto zu fahren, nicht abschlagen, weil er ja weiß, wie viel Oma das Auto von Opa bedeutet. Deshalb nimmt er die Reiseschikane auf sich und schimpft und flucht halt. Vor allen Dingen wenn Oma will, dass er schneller fährt, und sagt, dass man noch viel mehr aus Opas Auto herausholen könnte. Dann fängt Papa an über Automotoren zu fachsimpeln, das nervt Mama, weil sie das gar nicht interessiert, und Oma freut sich, dass jetzt alle über Opa reden. David und ich halten uns da aber meistens raus – auch weil wir am Fenster sitzen dürfen und uns den warmen Fahrtwind ins Gesicht wehen lassen und dann irgendwann gar nichts mehr hören.

Jedenfalls kamen wir also an Schabbat in Jerusalem an, und Oma wollte noch zum Friedhof, sich von Opa verabschieden. Deshalb hatte Papa ja auch mächtig auf die Tube gedrückt, damit wir nicht so spät bei Oma ankommen würden, denn an Schabbat essen wir immer – wirklich immer! – alle zusammen. Das ist Papa ganz wichtig. Er geht zwar nicht in die Synagoge, aber der Schabbat ist ihm heilig: Kerzen anzünden und gemeinsam essen, das war und ist Gesetz. Wir halten Schabbat ein, für den Frieden und Familienzusammenhalt, wie Papa und Mama sagen, und das jeden Freitag, ohne Widerrede, da gibt es kein Pardon.

Ich wollte Oma unbedingt auf den Friedhof begleiten, und so ließ uns Papa am Friedhof Givat Shaul in Jerusalem aussteigen, während er mit Mama und David zu Omas Haus fuhr, um das Schabbatessen vorzubereiten. Zuerst wollte David auch mit, aber Oma wollte nicht zu viele beim Abschied dabeihaben, nur mich, weil sie ja wegen meiner Bat Mitzwa Abschiednehmen musste. Das verstand David, außerdem durfte er zum Trost auf dem Tablet daddeln, was er in Wirklichkeit natürlich auch viel lieber macht, als auf einen Friedhof zu gehen.

Mittlerweile war es schon Mittag, und es war so heiß, dass die Hitze durch die Sohlen meiner Sandalen kroch, wenn ich zu lange stehen blieb. Aber Oma Minnie war wie immer gut vorbereitet. Sie hatte einen Regenschirm dabei, als Sonnenschutz, unter dem ich auch noch Platz fand, so groß war er. So gingen wir also beide gemeinsam zum Grab von Opa. Ich weiß gar nicht, wie Oma das Grab von Opa immer findet, denn überall liegen Steinplatten dicht an dicht, die alle ähnlich aussehen. Aber Oma Minnie geht immer ganz zielsicher und schnurstracks durch die vielen steinigen Gräber, bei denen ich mich jedes Mal verirre und in die falsche Richtung laufe, aber Oma immer – stur wie ich bin – von meinem Weg überzeugen will. Oma lächelt dann nur und murmelt: „Ach Amit, es ist die Liebe, die mich zu Schmuel führt, nur die Liebe – so blind, wie ich jetzt bin."

Ja, die Liebe: Ich liebe Mama, Papa und David und Oma, und ich liebe manche Dinge, die ich schön finde, wie zum Beispiel den versteinerten Friedhof, auf dem Opa wohnt. Es ist so still dort, dass man sogar Vögel zwitschern hören kann. Und manchmal hört man auch das Rauschen des Verkehrs, der um Jerusalem herumgeführt wird, aber das klingt eher wie ein Meeresrauschen; jedenfalls stelle ich mir das immer so vor, auch wenn es gar nicht stimmt. Und ich liebe diese kleine Bank, die beim Grab von Opa steht, auf die sich Oma immer setzt und Opa von dem erzählt, was sie gerade erlebt hat.

An jenem Freitag erzählte sie Opa von Eilat und den Ferien, und sie verabschiedete sich von ihm, weil sie ja nach Frankfurt flog. Ich frage mich immer, ob Opa wirklich hören kann, was Oma sagt. In einem Buch über den Tod habe ich mal gelesen, dass die Seele davonfliegt, und der Körper im Grab zu Erde wird. Also mit was spricht Oma? Mit der Erde oder mit der Seele? Gerade als ich darüber nachdachte, setzte sich ein kleiner Schmetterling auf Opas Grabstein. Gleich neben einen der Steine, die Oma Minnie auf das Grab gelegt hatte. Ob das Opas Seele war? Als ich Oma danach fragte, antwortete sie: „Opa ist überall. Im Schmetterling, in deiner kleinen Hand, in meiner Seele, überall …"

In meiner Hand? Nie und nimmer! Was redet Oma nur für ein Zeug! Aber Oma sagt oft so merkwürdige Dinge. Deshalb nehme ich nicht immer alles ernst, was sie sagt, und denke mir meinen Teil.

Zum Abschied habe ich Opa einen Stein auf sein Grab gelegt. Ich finde es schön, dass man auf jüdische Gräber immer einen Stein legt, als Gruß und als Zeichen dafür, dass man an den Verstorbenen denkt. Deshalb hatte ich auch einen besonderen Stein, einen mit vielen weißen Sprenkeln, aus Eilat mitgebracht, den ich extra für Opa gesucht hatte. Die Sprenkel sollen das Sternenmeer sein, sagte ich ihm, das wir im Flugzeug durchfliegen, und dann an ihn denken. Oma nickte andächtig und zeichnete mit ihrer Hand die Inschrift von Opas Grabstein nach.

פה נקבר

Schmuel Goldstein

1922–2002

Dann seufzte sie und flüsterte liebevoll: „Ich bin bald wieder da, Schmuel."

Langsam verließ sie den Friedhof. Ich folgte ihr. Ich glaube, sie hat ein bisschen geweint und wollte, dass ich das nicht sehe, deshalb blieb ich eine Weile hinter ihr, bis ich sie dann doch unterhakte und mit ihr langsam nach Hause ging. Wir schwiegen beide. Ich tat es, weil ich fühlte, dass es das Richtige war, weil ich Respekt vor Omas Gefühlen habe, immerhin hatte sie eine schwere Reise vor sich und das nur für mich.

Kapitel 2

Der Weg vom Friedhof zu Omas Haus erschien mir an dem Tag besonders lang, weil wir die ganze Zeit geschwiegen haben. Es hatte sich etwas verändert, zwischen Oma und mir, vielleicht weil ich nun bald erwachsen bin, das ist man ja nach der Bat Mitzwa. Früher, als ich noch kleiner war, da habe ich nicht so gemerkt, wie es Oma ging, ob sie traurig war oder fröhlich, aber inzwischen kann ich irgendwie mehr fühlen, was mit Oma los ist. Und auf dem Nachhauseweg merkte ich, dass sie über Schmuel nachdachte und über die Reise nach Frankfurt. Und ich merkte, dass sie ihr Versprechen, mit nach Frankfurt zu kommen, einhalten wollte, aber eigentlich nicht konnte, weil sie bei Schmuel bleiben wollte. Ich sprach sie aber besser nicht darauf an, denn etwas in mir sagte, dass sie nicht darüber sprechen mochte.

Ich kenne das. Es gibt Dinge, über die ich nicht sprechen möchte, und dann kommen Fragen über Fragen, meistens von Mama, und das nervt richtig, weil ich nicht antworten kann, weil die Antwort sonst so alleine dasteht – sie hat noch keine richtigen Worte und kann noch nicht nach draußen in die Welt.

Deshalb war ich ganz froh, als wir endlich Omas Haus erreichten. Eigentlich ist Omas Haus eher ein Häuschen. Aber klein und fein! Schon der Weg zum Haus ist besonders. Da ist das verwunschene Gartentor, das nicht mehr richtig schließt, und die alte Steintreppe, aus deren Ritzen viele Blumen wachsen – sie führt hinauf auf die große Terrasse. Von allen Seiten duftet es nach Orangen und Oleander. Omas Orangen- und Oleanderbäume sind schon uralt, und sie wachsen ganz knorkelig neben der Treppe und spenden Schatten in der Sommerhitze.

Wir stiegen ganz langsam die Stufen hoch, denn manche bröckelten schon etwas, und Papa wollte sie reparieren lassen, aber das wollte Oma nicht, denn die Treppe hatte einst Schmuel angelegt. Und deshalb solle sie so bleiben, wie sie ist. Außerdem würde sie ja selbst auch schon bröckeln, und „daher passen die Treppe und ich zusammen“, so sagte Oma Minnie dann immer, wenn Papa mit dem Handwerkervorschlag kam. Papa und Oma haben sich also darauf geeinigt, dass sie die Treppen ganz langsam rauf- und runtergeht, damit sie nicht stürzt.

Oma lächelte selig, als wir oben angekommen waren. Ich wusste ja, zu Hause fühlte sie sich am wohlsten, weil es das Haus war, in dem sie ein Leben lang mit Opa Schmuel und Papa gewohnt hat, als er noch klein war. Deshalb sagte sie auch immer, dass es so schön nach Heimat duftet und nach Wohligsein und Vertrautheit.

Von der Terrasse aus geht es direkt ins Esszimmer, vorbei an zwei Olivenbäumen, die den Eingang wie zwei Soldaten bewachen. Den einen hat Oma Minnie für David gepflanzt, den anderen für mich. Mein Baum ist riesig geworden, und er trägt schon mehr als hundert Früchte und sieht einfach extraordinär aus.

Oma und ich hörten, wie Mama auf dem Klavier spielte. Was sie besonders gerne am Schabbat tut, weil sie da Zeit hat und Papa sich darüber freut. Er kann Mama stundenlang beim Klavierspielen zuhören, und beide sehen sich dann immer so verzückt an. Das mag ich an Mama und Papa, dass sie „so ein Herz füreinander haben", wie Papa immer sagt. Und außerdem duftet es freitags immer so herrlich nach dem frischen Berches. Ich mag dieses Schabbatbrot für mein Leben gern, und früher, als ich noch kleiner war, wünschte ich mir, eine Maus zu sein, die in dem warmen weichen Hefezopf wohnt.

David saß schon am Tisch, und als Oma und ich ins Esszimmer traten, winkte er Oma sofort zu und rief: „Mein rechter, rechter Platz ist leer, da wünsch ich mir die Oma her!" Oma setzte sich gleich neben David und streichelte ihm über den Kopf.

„Ihr wart ja lange weg", sagte Papa zu Oma gewandt, die zuckte nur mit den Schultern und lächelte lieb. Ich setzte mich ihr gegenüber, das tat ich am liebsten, dann konnte ich nämlich in ihr Gesicht mit den vielen hundert Falten sehen, die so ungeordnet neben- und übereinander lagen. Ich stellte mir immer vor, dass jede Falte von Oma eine Geschichte ist, die sich dort eingegraben hat und nun von all ihren Erlebnissen erzählt. Mama setzte sich neben mich, und Papa saß mal wieder am Tischende, wie der Boss der Familie – aber das war er ja irgendwie auch. Nur nicht am Schabbat. Da zündet nämlich Mama die Kerzen an und eröffnet das Fest. Ich kann zwar auch ein bisschen Hebräisch, weil ich es für die Bat Mitzwa lernen muss, aber so gut wie Mama, die das mal studiert hat, werde ich das wohl nie können.

Während Mama also die Kerzen anzündete und die Streichhölzer ausglühen ließ, sprach sie das Schabbatgebet: „Baruch Atah Adonai Elohejnu Melech Haolam, Ascher Kideschanu bemizwoitav veziwanu lehadlik ner schel Schabbat." Das klingt so schön auf Hebräisch! Auf Deutsch heißt es: „Gelobt seist Du, unser Gott, König der Welt, der Du uns durch Seine Gebote geheiligt hast und uns geboten hast, das Licht des Schabbats zu zünden."

Das Gebet, das Mama da sprach, war ja immer das Gleiche, aber es rührte Oma jedes Mal, so lange ich denken kann. Aber an diesem Freitag, da war sie irgendwie anders, so traurig und verschlossen. Ich hatte das Gefühl, dass in ihrem Gesicht neue Geschichten entstanden, so sehr runzelte sie die Stirn. Das tat sie eigentlich nur, wenn sie über etwas Schwieriges nachdachte, was sie nicht lösen konnte.

Plötzlich hatte ich so eine Vorahnung davon, wie schon vorher auf dem Spaziergang, dass Oma sich das mit der Reise nach Frankfurt anders überlegen würde und nur noch nicht wusste, wie sie es uns sagen sollte, weil sie niemanden verletzen wollte. Ich glaube, Oma und ich sind uns wirklich sehr ähnlich – wir haben eine gemeinsame Sprache, die über Worte hinausgeht. Jedenfalls wusste ich auf einmal ganz genau, dass Oma nicht mitkommen würde. Das war wie ein großer Schreck, der mein Herz für Sekunden stehen ließ. Papa hat das nicht gemerkt. Er war guter Dinge, stand auf, sprach den Kiddusch, den Segensspruch zum Schabbat, und ließ den Becher Wein herumgehen, aus dem alle einen kleinen Schluck trinken durften.

Ich beobachtete Oma aufmerksam und, genau wie ich es mir gedacht hatte, sagte sie plötzlich in die Stille hinein: „Kurt, es tut mir leid, aber ich kann nicht mitkommen, ich kann nicht nach Frankfurt kommen, ich werde bei Schmuel bleiben."

Wenn Oma Kurt zu Papa sagt, dann wird es meistens ernst. Und das wurde es auch. Denn was dann passierte, war fürchterlich. Ich war gar nicht geschockt, weil ich ja irgendwie wusste, dass Oma die Reise nach Frankfurt absagen würde – aber Papa war so sprachlos, dass er sich erst einmal setzen musste. Wir alle blieben ganz still, man hätte eine Stecknadel fallen hören können. Dann stand Papa stumm wieder auf und ging auf die Terrasse. Wir sahen ihm alle nach. Die Stimmung war wie zum Platzen.

„Es tut mir leid, Kurt", murmelte Oma leise, aber noch so laut, dass Papa sie verstehen konnte. Und das reizte ihn, jedenfalls wurde er plötzlich sehr, sehr wütend.

„Leid?! Dass ich nicht lache! Du weißt, was das Amit und mir und unserer ganzen Familie bedeutet! Dass du zu uns hältst, dass du zu unserer Familie gehörst und dass du nach Frankfurt kommst, zu Amits Bat Mitzwa!"

Ich weiß gar nicht, was schlimmer war: dass Papa mit Oma so schimpfte oder dass sie nicht nach Frankfurt kommen wollte, jedenfalls merkte ich, wie meine Beine anfingen zu zittern und ich so ein leeres Gefühl im Bauch bekam – es fühlte sich an, als hätte ich monatelang nichts gegessen.

Papa wetterte weiter: „Du bist die Einzige aus unserer Familie, die wir noch haben. Siehst du eigentlich nicht, was du da anrichtest? Kannst du nicht einmal über deinen Schatten springen?"

Da mischte sich Mama ein: „Kurt, hör auf, sie kann es nicht! Nicht nach alldem, was sie durchgemacht hat!"

„Was hat sie denn durchgemacht?", wollte David wissen. Dass er sich immer in alles einmischen musste!

Papa regte sich jetzt richtig auf: „Ja, erzähl es David doch. Erzähl es Amit! Es ist ihre Bat Mitzwa! Ist es das, was du willst?“

Ich wollte gar nicht wissen, was Oma alles durchgemacht hatte, ich wollte nur, dass der Streit aufhört, aber es ging gerade so weiter. Und dann begann Oma Minnie wieder von Betty zu reden, das war ihre Schwester, die sie das letzte Mal als Baby gesehen hatte. Aber Papa ließ sie gar nicht ausreden.

„Hör mir auf mit Betty! Hör endlich auf damit! Gib deine Hoffnung begraben. Deine Schwester Betty ist tot! Arolsen, das Deutsche Rote Kreuz, Freunde, die jüdischen Verbände ... alle haben nach ihr gesucht, fünfzig Jahre lang ... sie ist tot! Verdammt noch mal!“

Papa war noch wütender als sonst, und ich bekam richtig Angst vor ihm. Oma Minnie senkte wie immer in solchen Situationen den Kopf und sagte gar nichts mehr. Das kannte ich von ihr. Sie ist dann wie ein dunkler schwerer Holzschrank, der seinen Schlüssel selbst verschluckt hat, und den keiner mehr öffnen kann, auch sie selbst nicht.

David fragte, was denn Arolsen ist, und ich war froh, dass er das fragte, denn ich wusste auch nicht, was Arolsen ist. Doch Papa schwieg, und Oma schwieg auch.

Mama versuchte, die Stimmung zu retten, und erklärte ganz freundlich: „Nun ja, Arolsen ist eine Suchstelle für alle im Krieg verloren gegangenen Menschen – und Oma hat ihre kleine Schwester Betty im Krieg verloren, deshalb hat sie nach ihr gesucht."

Papa hörte gar nicht hin, was Mama sagte, und fragte Oma noch einmal wegen Frankfurt, und ob sie sich das nicht doch noch überlegen wollte. Er setzte sie richtig unter Druck. Und das alles nur wegen mir und meiner Bat Mitzwa! Ich fühlte mich plötzlich so schrecklich und gemein! Wie ein Monster, das ganz viel will und Oma nicht schützen konnte vor Papa. Der polterte immer weiter: „Du weißt schon, Mutter, dass du nie wieder eine Bat Mitzwa erleben wirst, nie wieder!"

Aber Oma ließ sich nicht beirren. Wenn sie einmal Nein gesagt hat, hat sie Nein gesagt, ich kenne sie. Und auch Papa kennt sie, deshalb war alles Wollen und Wünschen hoffnungslos. Oma schüttelte den Kopf und sagte mit fester Stimme: „Nein, ich betrete Deutschland nicht, nie wieder – und erst recht nicht ohne Schmuel."

Jetzt wurde es richtig furchtbar, denn nun fing der Streit erst so richtig an. Über das Flugticket, das so teuer war und das man nicht einfach zurückgeben konnte, über die Reise, die man sich hätte sparen können, über Omas Unzuverlässigkeit – ach –, über alles. Nur über eines wurde nicht gesprochen: Nämlich dass es so traurig war, dass Oma nicht nach Frankfurt kommen wollte, obwohl sie dieses Mal so nah dran gewesen war! Und dass Papa nur wütend wurde, anstatt zu sagen, wie weh es ihm tat.

Stattdessen fing ich plötzlich an zu weinen. Ich weiß gar nicht, woher das kam. Es brach einfach aus mir heraus. Ich wollte nicht vor allen weinen, deshalb bin ich hoch in mein Zimmer gerannt und habe es von innen abgeschlossen. Dass ich plötzlich so weinen musste! Als ob etwas, für das ich keine Worte hatte, herausmusste, wie ein Wasserfall, der seinen Weg sucht und aus meinen Augen kam und immer mehr zu fließen begann. Ich dachte an Oma und daran, was in ihr wohl vorging, und dass sie eben so ist, wie sie ist. Was genau hatte sie denn durchgemacht? Was sollten wir nicht wissen, David und ich?

Da klopfte es an meine Zimmertür. Ich wollte niemanden sehen! Aber es war Oma Minnie, sie fragte ganz leise, ob sie hereinkommen könnte. Ich machte ihr auf und legte mich wieder ins Bett zurück. Oma Minnie legte sich einfach neben mich und umarmte mich ganz fest. Sie streichelte mich, und ich spürte, dass sie es ernst meinte und dass sie auch traurig war, weil sie nicht mitfahren konnte, weil sie es einfach nicht schaffte. Ich fühlte plötzlich, dass Omas Seele und meine ganz verbunden waren, dass ich Oma irgendwie verstand. Ich wollte sie gerade nach ihrer kleinen Schwester Betty fragen, als sie genau in dem Moment flüsterte: „Meine kleine Betty! Sie war ja noch ein Baby. Sie ist noch am Leben, ich fühle es! Sie ist irgendwo auf dieser Welt, ich weiß es! Aber niemand will mir glauben …“

Und ich hörte mich sagen: „Ich glaube dir, Oma."

„Ja, meine kleine Amit, du glaubst mir!", antwortete Oma Minnie mit fester Stimme und drückte mich an sich.

Plötzlich hatte ich diese Idee: Ich musste Betty finden! Für Oma. Damit sie wieder froh wird. Ich konnte Oma verstehen, sie hatte Schmuel nicht mehr, keiner glaubte ihr, dass Betty noch lebte, nicht einmal der eigene Sohn glaubte ihr. Was sollte sie da in Frankfurt? Ich kuschelte mich in ihre Armbeuge und streichelte ihr faltiges Gesicht mit den vielen Geschichten. Eine davon war die Betty-Geschichte. Ich versuchte, sie zu lesen, und ging einen Weg entlang von Oma Minnies fein gestrichelten Lippen bis zu ihrer Stirn, der mir ganz klar sagte, dass ich mich auf die Suche nach Betty machen müsste, und sie auch finden würde. Das versprach ich Oma, auch wenn es ein sehr gewagtes Versprechen war, denn ich wusste ja gar nichts von Betty. Oma versprach mir, dass sich das ab morgen ändern würde. Sie hätte etwas für mich, das mir helfen würde, alles besser zu verstehen. Dieser Gedanke tröstete mich, und ich schlief in Oma Minnies Armen ein.

Kapitel 3

Am nächsten Morgen konnte ich meine Augen kaum öffnen. Sie waren ganz verquollen vom vielen Weinen. Und Oma war nicht mehr da. Sie war schon aufgestanden. Ich dachte an den vorherigen Abend und den Streit und Oma und Betty und dass ich Omas Seele so lieb hatte, weil sie mit meiner verbunden war, und dass Oma etwas für mich hatte, was mir helfen würde, sie zu verstehen. Das war ein schöner Gedanke, den Papa jedoch unterbrach, als er mit dieser ungeduldigen Stimme rief: „Amit! Das Taxi kommt bald, und du hast noch nicht gefrühstückt. Jetzt steh mal auf und zeig dich! Wir müssen bald los!"

Ich überlegte mir, was ich antworten sollte, aber ich war zu müde, um etwas zu sagen.

„Amit!", rief Papa wieder. Papa hat so eine Art zu rufen, dass ich schon deshalb keine Lust hatte zu antworten.

Da mischte sich Mama ein: „Amit! Willst du nicht frühstücken? Wir müssen wirklich bald los. Nun komm schon!"

Und weil Mama ja für das alles gar nichts konnte, rief ich nach unten: „Hab keinen Hunger!" Klar, dass Mama dann hochkam. Aber ich wollte nicht mit ihr sprechen. Und als sie an meine Zimmertür klopfte, sagte ich, dass ich packen würde und mit niemandem reden wollte. Mama ist nicht so wie Papa, allerdings stellt sie oft viele Fragen und lässt nicht locker. Aber heute ließ sie mich in Ruhe. Ich glaube, weil sie Oma Minnie verstanden hatte und auch mich. Als ich meine Sachen in den Koffer gepackt hatte, verabschiedete ich mich von meinem kleinen Zimmer, das Oma extra für mich eingerichtet hat, mit einem Schreibtisch, einem gemütlichen Bett und einem Schaukelstuhl. Es wird fast ein halbes Jahr dauern, bis ich wieder hier bin, an Chanukka im Winter, dachte ich und musste schlucken – was für eine lange Zeit! Ich werde Oma so vermissen!

Als ich mit meinem vollgepackten Rucksack nach unten ging, war das Taxi zum Flughafen nach Tel Aviv schon da. Papa verstaute das Gepäck im Kofferraum, und Mama umarmte Oma. „Du wirst uns fehlen, Minnie“, sagte sie, und David hielt Omas Hand ganz fest und drückte sie.

„Ich komme ein andermal, ihr werdet schon sehen. Es braucht alles seine Zeit“, erwiderte Oma und strich David über den Kopf.

Papa konnte sich eine Spitze gegen Oma jedoch nicht verkneifen und sagte in diesem Ton, den ich überhaupt nicht leiden kann: „Du wirst nie kommen, Mutter, das haben wir jetzt alle kapiert, also rede nicht solches Zeug daher!"

Oma lächelte nur, wandte sich an mich, nahm meine Hand und zog mich mit zurück ins Haus.

„Aber Mutter!", rief Papa empört, „was soll das denn jetzt? Wir müssen los! Bei dem Verkehr brauchen wir bestimmt drei Stunden bis Tel Aviv! Wir haben keine Zeit mehr! Mutter! Amit! Hörst du?" Papa wollte uns nachlaufen, doch Mama hielt Papa zurück und deutete ihm an, dass er Oma und mir noch ein wenig Zeit lassen sollte. Papa seufzte und fügte sich Mamas Worten. Dafür bin ich Mama dankbar, dass sie in der Lage ist, Papa zu zähmen, so wie man ein wildes Tier zähmt, dass dann nicht mehr brüllt, sondern Ruhe gibt.

Oma ging mit mir ins Wohnzimmer zu ihrer Kommode und öffnete eine Schublade. Daraus nahm sie ein kleines Buch, das fast so aussah wie ein kleines Schulheft, mit einem blauen Einband und einem hübschen Ornament.

„Das ist mein Tagebuch. Von damals, als ich so alt war, wie du jetzt bist. Nur Schmuel hat es bisher gelesen. Du weißt ja, alle anderen halten mich für meschugge, weil ich immer noch glaube, dass meine Schwester Betty lebt. Das Buch ist für dich, vielleicht verstehst du dann, warum ich nicht nach Deutschland komme, auch wenn ihr meine einzige Familie seid. Ich hatte seinerzeit eine große Familie! Großeltern, Eltern, Tanten und Onkel, einen Bruder und eine Schwester – doch die gibt es alle nicht mehr. Manchmal denke ich, wenn ich nach Frankfurt komme, gibt es dann plötzlich auch euch nicht mehr, weil es an mir liegt, kannst du das verstehen, kleine Amit?"

Nein, das konnte ich nicht verstehen. Warum sollte sie plötzlich keine Familie haben, wenn sie zu uns, ihrer Familie, kam? Ach Oma! Und dann stand sie da auch noch so da, so klein und verloren – wie konnte Papa nur so böse mit ihr sein? Ich war es jedenfalls nicht und wollte Oma umarmen, aber da sagte sie plötzlich: „Ich hab noch etwas anderes für dich", und holte aus ihrer Schublade ein kleines Satinsäckchen. „Es sind drei Steine, die gehören ab jetzt dir. Sie waren immer für Betty. Aber du wirst sie in Zukunft brauchen können, für deine eigene Familie, dein Studium, dein Leben ..."

Ich wusste nicht, was ich sagen sollte. Mir war wieder so nach Weinen zumute. Ich nahm Oma in den Arm. Und sie mich. Oma erklärte, dass beide Dinge, die sie mir gegeben hatte, etwas mit ihrer Geschichte zu tun hätten, und sie ein Geheimnis wären, von dem niemand anderer etwas wissen sollte, auch nicht Papa. Ich versprach Oma, das Geheimnis zu bewahren, und packte das Tagebuch und das Säckchen in meinen Rucksack.

Wir blickten beide zum Abschied zu dem eingerahmten Foto auf ihrer Kommode. Ich wusste zwar, dass Oma dieses Foto heilig war und es das einzige war, was sie von ihrer Familie hatte, alles andere war verloren. Aber es war das erste Mal, dass ich das Foto wirklich angesehen habe. Mit Omas Blick und ihrer Seele, denn bisher war es immer nur ein Foto mit ihren Geschwistern, das irgendwie dazugehörte. Auf dem Foto ist Oma zu sehen, mit ihren Geschwistern Kurt und Betty, und daneben, auf einem kleinen Schemel, sitzt Scarlett, der kleine weiße Hund der Familie, der damals drei Jahre alt war. Das Foto wurde plötzlich lebendig für mich. Oma war zwar auf dem Foto ungefähr so alt wie ich, aber sie sieht ganz altmodisch aus, mit ihrer Schleife im Haar und dem Kleid mit den gestickten Blüten. Kurt ist auf dem Foto etwa so alt wie David. Er sieht ganz ernst aus und trägt Knickerbockerhosen, die irgendwie seltsam an ihm aussehen, und dann Betty, die ist vielleicht niedlich! Mit ihren Locken und den großen Augen und dem hellen Kleid, das unten ihre dicken kleinen Füßchen frei lässt. Und Scarlett! Ich habe mir immer schon einen Hund gewünscht, aber Mama und Papa sind strikt dagegen. In einer großen Stadt würde sich ein Hund schlecht fühlen, sagen sie. Jedenfalls habe ich mir das Foto eigentlich immer nur wegen Scarlett angesehen und ein bisschen natürlich auch wegen Oma, weil ich ihr ja so ähnlich sein soll, aber ich habe nie nach der Geschichte dahinter gefragt.

Oma nahm die Fotografie nun in ihre Hand und seufzte: „Ach Betty, meine kleine Schwester, und du Scarlett, was wohl aus euch geworden ist, das frage ich mich dreimal am Tag.“

Dann drückte sie es an ihre Brust und fing leise an, ein Lied zu singen:

Schluf schoin, Kind main,
wider ruhig ain.
Gib a Kik, wie die Lewune schaint.
Fin der Waitn finklen Schteren.

Ich kann kein Jiddisch verstehen, aber ich weiß, dass es ein Schlaflied ist, denn Oma hat mir das auch schon vorgesungen, als ich klein war. Es klingt immer ganz zart und hell, wenn Oma singt, wie eine Mädchenstimme aus einem Chor aus einer anderen Welt, die ohne schlimme Dinge auskommt. Ich hätte ihr am liebsten stundenlang zugehört und ihr noch viele Fragen gestellt, aber ich musste Oma stehen lassen, mit all ihren Erinnerungen, weil Papa schon wieder nach mir rief. Es brach mir fast das Herz, Oma so alleine zu lassen. Aber ich tröstete mich, dass ich nun etwas von Oma Minnie hatte, was nur ihr und mir gehörte. Das außer mir nur noch Schmuel kannte. Und obwohl mich das ganz froh stimmte, machte es mich zugleich traurig, dass es nicht Papa war, dem Oma ihre Geschichte anvertrauen konnte, immerhin war er ja ihr Sohn!

Schnell stieg ich zu den anderen ins Taxi, und als ich die Autotür hinter mir zuzog, brauste es auch schon los. Es gab keinen richtigen Abschied, es war so, als wäre einfach alles abgeschnitten, und es fühlte sich so an, als wäre das nun für immer und ewig so. Mir war nicht nach Reden zumute, und ich presste meinen Rucksack mit dem Tagebuch von Oma ganz fest an mich. Ich hatte ein Geheimnis zu bewahren und platzte fast vor Neugierde, was es für eines war. Papa schwieg die ganze Fahrt über und wirkte sehr nachdenklich. Auch Mama sagte nichts. Nur David redete irgendetwas vor sich hin, während er ein Bilderbuch durchblätterte.

Ich blickte aus dem Fenster, und Jerusalem entfernte sich mehr und mehr. Omas Heimat! Die Autobahn fing an, die Landschaft zu verschlucken, und dann, nach einer ganzen Weile, umgaben uns die Betonbauten der Vororte von Tel Aviv.

Kapitel 4

Das Taxi erreichte den Flughafen pünktlich, und ich spürte gar nicht, wie die Zeit verging, denn plötzlich saßen wir schon im Flugzeug. Papa, Mama und David saßen gemeinsam in einer Reihe, und ich saß am Fenster auf der anderen Seite des Gangs, also ein gutes Stück weg von meiner Familie, mit einem älteren Ehepaar dazwischen. Das kam mir gerade recht, denn ich wollte unbedingt in Omas Tagebuch lesen, und die anderen sollten das auf keinen Fall mitbekommen.

Das Flugzeug rollte in seine Startposition. Die Düsen ertönten laut, und das Flugzeug hob ab. Ich finde es immer aufregend, wenn ein Flugzeug startet, und dieses Mal umso mehr, weil mich ein Geheimnis begleitete, das ich in meinem Rucksack trug. Ich habe dann das Tagebuch unauffällig aus dem Rucksack geholt, es in Ruhe betrachtet und daran gerochen. Das mache ich immer so bei Büchern. Manche haben so einen eigenartigen Geruch: nach Tannenwald zum Beispiel oder nach frischen Kräutern oder nach Tinte. Aber Omas Tagebuch roch ganz anders: wie der Keller in Frankfurt, dunkel und erdig und nach Öl für Fahrradketten. Und es hatte diesen besonderen blauen Einband mit dem goldenen Ornament.

Als ich die Seiten aufschlug, sah ich Omas Schrift. Sie hatte schon als Kind so eine schöne und klare Schrift wie heute noch. Nicht so ein Gekrakel, wie es viele Erwachsene haben. Ich schaute noch einmal zu Mama und Papa. Sie waren ganz mit David beschäftigt und nahmen keine Notiz von mir. Trotzdem habe ich Omas Tagebuch in mein Buch *Bis(s) zum Morgengrauen* gelegt. Ich mag das Buch, es ist spannend – und außerdem ist es so groß, dass ich Omas Tagebuch gut hinter dem aufgeschlagenen Buch verstecken konnte. Sicher ist sicher. Ich sah, dass der erste Eintrag vom 10. September 1940 war. Ich rechnete: Siebenundsiebzig Jahre ist es also her, dass Oma in ihr Tagebuch geschrieben hat, da war sie fast dreizehn Jahre alt! Du meine Güte! Wie lange das her ist!

Nürnberg, 10. September 1940

Liebes Tagebuch!

Mutter hat dich mir schon zu meinem letzten Geburtstag geschenkt, und ich habe noch gar nichts hineingeschrieben! Fast ein ganzes Jahr nicht! Nur die schöne Photographie habe ich hineingeklebt, die der Photograph von Kurt und Betty und Scarlett und mir gemacht hat. An Bettys erstem Pessach im April. Dabei bist du so hübsch und fein in deinem hellblauen Seidenkleid! Aber es war immer so viel los, und ich hatte so viele Freunde, mit denen ich alles besprechen konnte, deshalb brauchte ich dich nicht. Ich hoffe, du bist mir deshalb nicht böse. Aber jetzt brauche ich dich, denn ich habe niemanden mehr, mit dem ich reden kann. Kurt ist ja noch viel zu klein, außerdem hat er schon jetzt zu viel Angst, und Alma ist beschäftigt. Ach, es ist so schlimm! Am besten fange ich ganz von vorne an, damit du alles verstehst, denn jetzt sitze ich mit Alma und Kurt und diesen fremden Männern in einem fremden Haus in einem Keller, und wir warten auf die Abreise, wobei ich überhaupt nicht weiß, wohin es gehen soll! Scarlett fiept die ganze Zeit, weil sie nach Hause will oder weil sie Angst hat. Nur unsere kleine Betty sitzt ganz friedlich auf meinem Schoß, während ich schreibe, und gluckst vor sich hin. Sie ist so herzig mit ihren kleinen dicken Händchen und ihren rosafarbenen Lederschühchen, in denen sie zwar noch nicht laufen, aber immerhin schon stehen kann! Immer wieder will sie mir den glänzenden schwarzen Tintenkuli mit den extravaganten Ringen wegnehmen. Einer ist rot und auf ihm steht Tintenkuli und der andere Ring ist ganz golden. Deshalb ist der Kuli auch nur etwas für Erwachsene. Und weil ich damals zwölf Jahre alt geworden bin, hat ihn Vater mir geschenkt. Auch als Trost, weil ich keine Bat Mitzwa mehr feiern durfte, weil das ja verboten war, und unsere schöne Synagoge 1938 zerstört wurde. Deshalb bekam ich diesen richtigen, echten Tintenkuli von Rotring! Der etwas ganz Besonderes ist, weshalb ich gut verstehen kann, dass Betty ihn unbedingt haben will! Aber alles der Reihe nach, Vater sagt immer, man soll genau sein und sich konzentrieren. Ach Vater! Und Mutter! Ich hoffe so sehr, dass es Euch gut geht!

Alles fing damit an, dass Familie Rautenstein heute Vormittag zu uns gekommen ist, mit Emil. Emil hatte hohes Fieber, und er reagierte auf gar nichts mehr, deshalb machten sich Mutter und Vater große Sorgen. Sie wollten Emil helfen, zum letzten Mal, wie sie beteuerten, weil sie offiziell nicht mehr arbeiten dürfen, weil wir ja Juden sind, und alles immer gefährlicher wird. Ich sah Emils Eltern mit Emil, der ganz schlaff in den Armen seines Vaters lag, so als sei er gar nicht mehr am Leben, durch den hinteren Garten kommen – das war der Geheimweg, weil sie ja keiner sehen durfte. Ich hatte immer Angst, wenn Vater und Mutter arbeiteten. Wir Juden dürfen ja schon längst nirgendwo mehr hingehen, auch zu keinem Arzt mehr, deshalb behandelten Vater und Mutter hauptsächlich Juden, aber eben heimlich, niemand durfte etwas merken, denn es war ja verboten. Emil wäre ganz sicher gestorben, er war ja nur drei Jahre alt, wenn ihm Vater und Mutter keine Medikamente gegeben hätten! Die Medikamente waren im Kellerboden in einer Kassette verschlossen, die sich unter einer Klappe befand, die man gar nicht sehen konnte. Die Medikamente waren sehr kostbar, weil es so schwer war, überhaupt noch welche zu bekommen, deshalb waren sie auch nur für den Notfall da. Alma, unser Kindermädchen, war auch da. Sie kommt jeden Tag zu uns, extra aus Ermreuth, denn da wohnt sie im Haus ihrer Familie. Weil das aber eine lange Fahrt ist, übernachtet sie ganz oft bei uns in einem kleinen Zimmer unterm Dach. Alma ist wirklich richtig mutig! Weil sie ja heimlich weiter bei Mutter und Vater arbeitet, obwohl sie schon lange nicht mehr bei uns arbeiten dürfte, weil sie eine reine Deutsche ist, und solche reinen Deutschen dürfen nicht bei Juden arbeiten. Aber davon hielt Alma nichts. Sie sagt immer, dass sie gar nicht weiß, was eine reine Deutsche eigentlich sein soll. Etwa eine, die sich mit ganz viel Seife rein wäscht? Oder immer saubere Socken anhat? Alma fand das lustig und musste immer über ihren eigenen Witz lachen. Ich fand das gar nicht lustig, denn wenn es jemals herauskommt, dass Alma immer noch bei uns arbeitet, dann kann sie in ein Gefängnis kommen oder man hängt ihr ein Schild um den Hals, auf dem steht: Ich habe bei Juden gearbeitet, und die Polizei treibt sie dann durch die ganze Stadt. Ich mag mir das gar nicht vorstellen, dann muss ich mich immer wieder schütteln, so als könnte ich den Gedanken einfach abschütteln, aber er kommt wieder, weil ich Angst habe, Alma zu verlieren. Alma gehört einfach zu uns. Sie war schon immer bei uns, so lange ich denken kann. Und das mit den Deutschen und Juden und dass sie nicht zusammen sein dürfen, das haben wir uns ja nicht ausgedacht, sondern diese Leute in den Uniformen, die jetzt alles bestimmen! Alma jedenfalls ist bei uns geblieben, und auch sie kommt immer über den Geheimweg hinten durch den Garten, damit sie nicht erwischt wird.

Heute Vormittag also hatte Alma Vater und Mutter unten im Keller, in dem Behandlungsraum, der früher einmal unsere Waschküche gewesen war, mit den Patienten geholfen. Ich lausche da ganz oft, weil es spannend ist, was es alles für Krankheiten gibt. Ich hörte jedenfalls, wie Mutter und Vater mit Emils Eltern sprachen, und Emil leise weinte, als er eine Spritze bekam. Ich mag auch keine Spritzen und konnte Emil gut verstehen! Aber immerhin weinte Emil und schien mir deshalb noch recht lebendig, was mich ganz erleichterte.

Es kamen dann noch mehr kranke Leute zu Vater und Mutter. Solange Alma unten bei ihnen war, habe ich oben auf Betty und Kurt und Scarlett aufgepasst. Besonders musste man auf Betty aber nicht aufpassen, weil sie immer fröhlich war und nie weinte.

Doch dann passierte das Schrecklichste, was je passieren konnte. Mutter und Vater hatten uns schon einmal gesagt, dass das passieren könnte, aber geglaubt hatte ich es nie. Alma war gerade wieder nach oben gekommen, als wir hörten, wie Autotüren laut zugeschlagen wurden. Als ich nach draußen sah, entdeckte ich zwei große dunkle Automobile vor unserem Haus. Vier Männer in langen Mänteln kamen auf unser Haus zu. Ich hatte ganz schreckliche Angst und duckte mich. Betty krabbelte zu mir, und ich nahm sie auf den Arm. Kurt wollte etwas sagen, doch da klingelten die Männer schon Sturm, und Alma flüsterte, dass wir ganz leise sein sollten, so als ob wir gar nicht da seien. Als wir nicht öffneten, schlugen die Männer gegen die Tür. Alma wurde ganz aufgeregt, sie zitterte richtig, da wusste ich, dass es schlimm sein musste, denn so war Alma nie, so kannte ich sie gar nicht, sie blieb sonst selbst im größten Durcheinander immer ganz ruhig und besonnen. Sie nahm mir Betty ab, öffnete die Klappe zum Speiseaufzug und befahl uns hineinzusteigen. In diesen winzigen Speiseaufzug! Ich wollte das nicht, denn ich mag es gar nicht, wenn etwas so eng ist, da krieg ich nämlich keine Luft mehr! Aber Alma wurde jetzt richtig streng, und ich merkte, dass ich keine andere Wahl hatte. Kurt wollte unbedingt, dass Scarlett mit in den Speiseaufzug kommt, und wollte schon anfangen zu weinen, da wurde Alma noch strenger. Sie befahl Kurt, ab sofort nichts mehr zu sagen, schließlich ginge es ums Überleben! Und in dem strengsten Ton, den ich je von Alma gehört hatte, befahl sie Scarlett unter die Vitrine zu kriechen und keinen Laut von sich zu geben. Als ob Scarlett alles verstanden hätte, gehorchte sie Alma aufs Wort. Alma half uns in das winzige Fach, in dem sonst nur Teller, Tassen, Gläser, Schalen und Suppenterrinen hinauf- und hinuntergezogen wurden. Es war furchtbar eng und stickig, und als uns Alma auch noch an der Zugkette nach unten zog, sodass wir von oben nicht zu sehen waren, bekam ich richtig Platzangst. Ich wusste nicht, wie ich das aushalten sollte und fing an zu zählen, um mich abzulenken. Wir sollten uns nicht rühren und keinen Mucks von uns geben, bis Alma wiederkommen würde, das hatte sie uns ausdrücklich befohlen. Ich hörte, wie Alma mit Betty zum hinteren Treppenhaus ging, wo es noch einen Seitenausgang gab. Ich betete zu Gott, dass sie nicht entdeckt würde! Dann hörten Kurt und ich ein fürchterliches Geschrei aus dem Keller. Die Männer hatten wohl die Tür zum Behandlungsraum entdeckt. Ich glaube, sie haben Vater und Mutter geschlagen, jedenfalls hörte ich Mutter erst schreien und später wimmern. Dann fing auch noch Kurt an zu weinen. Ich dachte, ich müsste verrückt werden, aber ich musste jetzt stark sein, denn ich hörte, dass die Männer die Treppe hochkamen. Kurt hatte richtig schlimme Angst. Je näher die Männer kamen, desto lauter hörte ich Kurts Herz schlagen. Ich hielt ihn ganz fest in meinen Armen. Meine Hände waren ganz zittrig, trotzdem streichelte ich ihn und versuchte, ihn dadurch zu beruhigen. Die Männer liefen durch alle Zimmer, machten Schränke und Schubladen auf, und einer blieb einmal ganz nah am Speiseaufzug stehen. Kurt und ich hielten die Luft an, aber der Mann ging zum Glück weiter. Ich dachte an Scarlett und hoffte inständig, dass sie ganz ruhig bliebe und nicht knurrte, so wie sie es gewöhnlich tut, wenn fremde Leute ums Haus herumschleichen.

Dann hörte ich, wie noch ein Mann die Treppe hochgerannt kam und ganz laut brüllte, ob die Männer uns gefunden hätten. Ein anderer brüllte zurück: „Keine Sorge, die Eltern werden uns schon noch sagen, wo sie ihre Bälger hingebracht haben. Das prügeln wir aus ihnen heraus. Judenschweine haben bei uns keinen Platz!" Danach hörte ich, wie ganz viel Geschirr auf den Boden geworfen wurde. Es schepperte und klirrte. Danach verließen sie das Haus. Ich hörte die Türen der Autos schlagen, und Kurt und mir klapperten die Zähne vor Angst und Erleichterung. Obwohl, erleichtert waren wir gar nicht, denn wir fürchteten uns davor, dass die Männer wiederkommen könnten oder sich einer von ihnen vielleicht sogar im Haus versteckt hatte. Durch die Ritzen sah ich, dass es schon dunkel wurde. Mir taten die Beine weh, weil ich mich nicht ausstrecken konnte, und Kurt jammerte leise, dass er so durstig war und Pipi musste. Und da war es auch schon geschehen. Er hat sich in die Hose gemacht, und es war ihm schrecklich peinlich. Ich tröstete ihn flüsternd, dass das kein Wunder sei, bei all dem, was wir gerade erlebten. Ob Alma wieder zurückkam oder Mutter und Vater, fragten wir uns? Aber ich hatte schon da so eine Ahnung, dass Vater und Mutter vielleicht nicht mehr zurückkommen würden. Das hatte ich im Gefühl, aber ich wollte es nicht denken, weil es einfach zu schrecklich war. Und wenn man etwas denkt, dann hat man schon Worte dafür und dann passiert es auch. Es wurde immer dunkler, und ich bekam keine Luft mehr. Ich dachte, ich müsste ersticken. Kurt war vor Erschöpfung eingeschlafen, der hatte es gut! Jedenfalls atmete er ganz ruhig, und das beruhigte mich schließlich.

Kapitel 5

„Amit!“ Papas Stimme riss mich aus der Welt von Kurt und Minnie, und ich wusste zuerst gar nicht, wo ich war. „Amit, du wirst etwas gefragt!“, rief Papa in einem etwas ironischen Ton und machte sich über mich lustig. „Sie kennen das ja sicherlich, wenn sich junge Mädchen in Vampirgeschichten verlieren“, rief er einer Flugbegleiterin, die vor unserer Reihe stand, zu.

Oh, wie ich Papa dafür hasse, dass er mich so vorführt! Die nette Flugbegleiterin wollte mir etwas zu essen servieren, und das ältere Ehepaar lächelte verständig, als ich mein Buch zuschlug. Ich klappte die Vorrichtung für das Essenstablett herunter, und die Stewardess stellte mir das Essen auf den Tisch. Sie war gar nicht böse oder ungeduldig, sondern sagte freundlich: „Ich kenne diese Vampirgeschichten, da möchte man gar nicht aufhören zu lesen, nicht wahr?”

Ich nickte. Wenn sie wüsste, dass ich gar keine Vampirgeschichte gelesen habe! Ich hatte keinen Hunger und dachte an Minnie und Kurt, wie sie jetzt in diesem Essensfahrstuhl festsaßen und hungrig und durstig waren und so eingequetscht. Und an Kurt, der sich einfach in die Hose gemacht hatte, weil er ja nicht auf die Toilette gehen konnte. Ich blickte zu David, der selig seine Spaghetti aß, und hatte ihn plötzlich ganz lieb. Und auch Mama und Papa, die einfach nur da waren.

Mama zwinkerte mir zu und rief zärtlich: „Na, meine kleine Lesemaus, du hast ja ganz rote Wangen!"

Ja, mir war richtig heiß, nur meine Hände waren ganz kalt. Ich wärmte sie an meinen Wangen und sah hinaus ins Wolkenmeer. Ich dachte an Opa Schmuel und an Oma Minnie, die jetzt in Jerusalem saß, vor dem Foto von Kurt und Betty und Scarlett, und ich konnte zum ersten Mal verstehen, wie sehr sie sie vermisste und dass sie dort bei ihnen bleiben wollte, bei dem Foto auf ihrer Kommode und bei Opa Schmuel, dem sie alles erzählen konnte.

David unterbrach mich in meinen Gedanken. Er wollte unbedingt Schiffe-Versenken mit mir spielen. Eigentlich spiele ich das nicht gerne. Aber an dem Tag merkte ich, dass ich froh war, David zu haben, einen kleinen Bruder, so wie Minnie einen hatte. Papa tauschte mit mir die Plätze, und ich umarmte David und gab ihm einen Kuss. Das hat ihn ziemlich erstaunt. Aber ich konnte ihm ja nicht erzählen, was ich gelesen hatte, und wie glücklich ich war, dass wir alle zusammen waren und uns nichts und niemand trennen konnte. Und so spielten wir gemeinsam, bis wir in Frankfurt landeten.

In der Empfangshalle vom Flughafen warteten schon Tante Ruth, Mamas Schwester, und Lea, meine Cousine. Tante Ruth ist ziemlich laut. Und als ob wir sie nicht gesehen hätten, schrie sie durch die ganze Halle: „Huhu!", und fuchtelte dabei auch noch ganz wild mit den Armen. Oh, ich hasste das, weil sich alle nach ihr umdrehten, und nicht nur nach ihr, auch nach Mama, weil die ebenso laut schrie: „Ruth! Schwesterherz! Da bist du ja!"

Mama und Tante Ruth sind einfach unmöglich! Anstatt wie normale Menschen zu reden, müssen sie immer schreien. Sie sagen, dass es nun mal so ist, wenn jemand aus Odessa stammt, und dass das normal ist und herzlich und dass nur die Deutschen so verklemmt sind und ihren Gefühlen nie freien Lauf lassen. Also, wenn das so ist, mag ich Odessa nicht, weil es einfach peinlich ist, so laut zu sein! Aber ich war ja noch nie dort, deshalb kann ich im Grunde nichts dazu sagen. Und eigentlich fand ich es auch nett, dass Tante Ruth uns abgeholt hat.

Aber: Wie immer hatte sie im Parkverbot geparkt! Und als wir zum Auto kamen, war schon die Polizei da, die gerade einen Strafzettel an die Windschutzscheibe kleben wollte. Tante Ruth ging wütend auf die Polizisten los, Mama folgte ihr solidarisch. Lea rollte mit den Augen, weil sie wusste, was kommen würde, und ihr war das genauso unangenehm wie mir. Denn wenn unsere Mütter sich verbünden, braut sich meistens etwas Oberpeinliches zusammen. Und so auch jetzt: Tante Ruth und Mama redeten lautstark auf die Polizisten ein, dass wir doch gerade aus Israel kommen würden und Tante Ruth nur deshalb so gewagt geparkt hatte, damit wir uns keine Sorgen machen müssten, dass ihr etwas zugestoßen wäre, weil sie ja zu spät war und weil man das heutzutage ja nie wissen könnte, wegen Israel und überhaupt …

OMG! Wie ich mich dafür schämte! Was geht es die Polizisten an, dass wir gerade aus Israel kommen! Was ist bloß wieder in Tante Ruth gefahren?

Lea schüttelte auch nur mit dem Kopf, und Papa, an dem das Verhalten von Ruth und Mama wie immer abprallte, setzte sich mit David seelenruhig ins Auto und wartete geduldig, bis der Spuk vorüber war. Die Polizisten jedenfalls hatten sich nicht erweichen lassen, und als wir endlich alle – samt Strafzettel – im Wagen saßen, brauste Tante Ruth in ihrem unverbesserlich chaotischen Fahrstil davon.

„Deine Bat Mitzwa wird trotzdem schön, auch ohne deine Oma, Amit! Es haben schon so viele zugesagt!“, rief Tante Ruth fröhlich und sah zu mir in den Rückspiegel. „Auch Erika aus Florida kommt am Freitagnachmittag – du weißt schon, deine Großtante Erika Giebel –, die ist wirklich lustig! Du kennst sie ja noch gar nicht, aber sie wird dir gefallen. Und alle unsere Geschwister mit ihren Familien, mir wird schon ganz schwindelig. So viele Tanten, Onkel, Cousinen, Cousins! Wirst schon sehen! Und deine ganzen Freunde. Das wird eine tolle Party!", schloss Tante Ruth euphorisch und bremste erst in allerletzter Sekunde an einer roten Ampel. Papa mahnte, dass sich Tante Ruth vielleicht doch besser auf den Verkehr konzentrieren sollte, aber Mama nahm sie in Schutz, und gleich redeten alle wieder durcheinander.

Alles war so hektisch, dass ich mich gar nicht mit Lea unterhalten konnte. Lea und ich sind eigentlich wie Geschwister, auch wenn Lea fast ein ganzes Jahr älter ist als ich, also fast dreizehn, und ihre Bat Mitzwa schon hatte und damit erwachsen ist, wie Rabbinerin Hirsch sagt. Aber bisher hat sich Lea jedenfalls nie wie eine „Ältere" aufgeführt, sodass man meinen könnte, wir wären von der Seele her fast wie Zwillinge. Nur sehen wir uns überhaupt nicht ähnlich. Lea hat ganz viele Sommersprossen und ihre Haare sind ganz blond und lang und glatt. Meine sind dunkelbraun mit vielen Locken, und sie sehen nie so fein aus wie Leas glänzendes Haar. Aber wie das so ist – Lea will immer meine Haare haben und ich ihre. Deshalb haben wir ein Arrangement getroffen und sind nun einerseits zufrieden mit dem, was wir haben, und dürfen andererseits aber auch neidisch auf das sein, was die andere hat. So eine Vereinbarung würde eine tiefe Freundschaft überhaupt erst möglich machen, weil sie den Neid zulässt und ihn nicht verbietet, findet jedenfalls Lea.

Lea hat manchmal Ansichten, die andere nicht haben. Zum Beispiel, dass man ruhig mal richtig sauer auf den anderen sein soll, weil man sonst die guten Zeiten gar nicht genießen kann. Und sie glaubt, dass es einen Sechsten Sinn gibt, der von Seele zu Seele geht, und dass man sich auch ohne Worte verstehen kann. Viele glauben das nicht, ich aber schon, und Oma Minnie glaubt das auch, deshalb kann ich mit Lea über alles reden.

Doch im Auto kam ich nicht dazu, Lea von Oma Minnies Tagebuch zu erzählen, weil Papa und Mama und Tante Ruth ständig redeten. Aber eigentlich wollte ich auch nicht, denn dann hätte ich bestimmt vor allen angefangen zu weinen, weil ich immer an Oma denken musste. Lea nahm meine Hand und drückte sie ganz fest. Sie merkte, wie mir zumute war, sie hat nun mal den Sechsten Sinn.

Wir verabredeten uns für den nächsten Tag, denn da war unser Bat-Mitzwa-Treffen, mit allen, die noch dieses Jahr Bat Mitzwa haben, und denen, die dieses Jahr schon Bat Mitzwa hatten. Und danach hatten wir Zeit, weil noch Ferien waren, dann konnten wir reden. Außerdem hatte ich bis dahin auch in Omas Tagebuch weitergelesen. Deshalb war ich sehr froh, als uns Tante Ruth vor unserer Haustür in der Liebigstraße absetzte und weiterfuhr, weil sie keinen Parkplatz fand, und es außerdem viel zu spät war, um noch mit hinauf zu kommen, wie Papa und Mama befanden. Schließlich hatten wir eine lange Reise hinter uns.

Ich winkte Lea nach, die durch die Rückscheibe blickte, und setzte meinen Rucksack auf. Ich spürte das Tagebuch auf meinem Rücken und dachte, dass es ziemlich verrückt ist, etwas zu lesen, das vor so vielen Jahren aufgeschrieben worden war, und dass Oma Minnie noch lebt und dass sie einmal genauso alt war wie ich! Wie nah mir Oma plötzlich war, so als ob wir Schwestern wären oder Freundinnen.

Unser Haus in der Liebigstraße ist riesig und stattlich, und es ist gutmütig. Insgesamt gibt es dort acht große Wohnungen, und in einer davon wohnen wir, im zweiten Stock. Neben uns wohnt Djamil mit seinen Eltern. Er ist ein Einzelkind, das merkt man, weil er so altklug spricht und alles besser weiß. Außerdem ist er fast schon vierzehn. Aber er sieht echt süß aus! Das sage ich ihm natürlich nicht, nicht mal Lea, die würde sonst denken, ich wäre in ihn verliebt. Er hat umwerfend lange Wimpern und einen geheimnisvollen Blick! Seine Augen sind ganz blau, mit einem schwarzen Rand darum, sodass sie aussehen wie zwei tiefe Seen, die dem Blautopf in Blaubeuren gleichen. Den haben wir mal im Urlaub besucht, ein unglaublich blauer kleiner See in der Nähe von Ulm. Er ist ganz tief, und in ihm sind schon Taucher ertrunken. Deshalb denke ich oft, ich sollte Djamil gar nicht länger in die Augen sehen, weil ich sonst darin ertrinke.

Djamils Vater kommt ursprünglich aus Syrien, aber er hat in Frankfurt studiert und beim Studium auch Djamils Mutter kennengelernt, Cleo. Die ist wirklich nett und hat immer tolle Sachen an, weil sie Modedesignerin ist und oft um die Welt reist und immer den neuesten Trend kennt. Tarek, so heißt Djamils Vater, und Cleo haben sich sofort ineinander verliebt, und sie haben schnell geheiratet, weil sie für immer zusammenbleiben wollten, so hat es Djamil mir erzählt. Sein Vater lehrt Islamwissenschaften an der Universität. Ich habe ihn dort einmal besucht, mit Djamil zusammen, und er hat uns viele alte Bücher gezeigt. Aber im Moment ist Djamils Vater nicht da, denn er ist in Syrien, um seine Eltern nach Deutschland zu holen, weil dort ein schlimmer Krieg ist. Er musste selbst hinfahren, um die Eltern zu holen, denn sie wollen ihre Heimat nicht verlassen, ob nun Krieg ist oder nicht. Es ist so verrückt, dass auch Djamils Großeltern nicht nach Frankfurt kommen wollen, genau wie Oma Minnie.

Aber bevor wir nach Israel geflogen sind, hatte Djamil zwei Wochen lang nichts mehr von seinem Vater und seinen Großeltern gehört hat. Er und seine Mutter dachten, dass ihnen etwas zugestoßen sein muss. Mama und Papa waren auch ganz besorgt. Aber weil es nun fast Mitternacht war, konnte ich nicht mehr bei Djamil klingeln und fragen, ob er etwas Neues wusste. Leise gingen wir die Treppen hoch, Papa hatte den schlafenden David auf dem Arm, Mama und ich trugen die Koffer und Rucksäcke. Ich konnte es kaum erwarten zu lesen, wie es mit Kurt und Minnie weiterging, wie lange sie noch im Essensfahrstuhl sitzen mussten und ob Alma wohl wieder zurückkam. Mama wollte, dass ich sofort ins Bett ging, weil ich ja am nächsten Tag Bat-Mitzwa-Treffen hatte, und meine Bat Mitzwa schon in sieben Tagen war!

Also machte ich schnell Katzenwäsche, sagte Mama und Papa Gute Nacht und kroch in mein Bett. Ich wusste, dass Papa noch einmal kommen würde, deshalb holte ich vorher noch schnell das Tagebuch von Oma aus meinem Rucksack, meine Taschenlampe aus der Schreibtischschublade, legte beides unters Kopfkissen und machte das Licht aus. Und klar, Papa kam noch einmal, mit seinem berühmten Satz: „Und kein Licht mehr, ja? Jetzt wird geschlafen! Die Vampirgeschichten können bis morgen warten!“

Besonders brav antwortete ich: „Alles klar, Paps, ich bin sowieso müde.“

Endlich schloss er die Tür von außen. Als ich hörte, wie Mama und Papa ins Schlafzimmer gingen, holte ich das Tagebuch und die Taschenlampe unter dem Kopfkissen hervor und fing an zu lesen.

Kapitel 6

Ich weiß nicht, wie lange wir im Speiseaufzug gesessen haben, ich konnte mich jedenfalls gar nicht mehr bewegen. Meine Beine waren eingeschlafen und fühlten sich ganz taub an, und ich hatte solchen Durst! Es war unglaublich stickig, und Kurt schwitzte im Schlaf – sein ganzer Körper war überzogen mit einer nassen Schicht, die sich glitschig anfühlte. Ich hätte mich so gerne ausgestreckt und fragte mich, ob Kurt und ich wohl für immer hier eingeschlossen bleiben müssten, und ob wir verhungerten und verdursteten. Vater hatte einmal erzählt, dass das ein schlimmer Tod sei und ganz schmerzhaft. Ich stellte mir vor, wie Kurt und ich zum Skelett verwesten, und wie Mutter und Vater sich dann fürchterlich erschreckten, wenn sie den Speiseaufzug nach oben zogen. Ich wollte mich schütteln, damit ich den Gedanken wieder loswurde, doch es ging nicht, weil es so eng war. Ich weiß nicht, liebes Tagebuch, ob Du das kennst, aber wenn ich einen Gedanken denke, der ganz schrecklich ist, und ich ihn nicht abschütteln kann, dann wird er so groß wie ein riesiger Luftballon, der dann durch ein winziges Fenster in den Raum kommen möchte, aber nicht kann und auch nicht zerplatzt, sondern größer und größer wird. Solche Gedanken fühlen sich so schrecklich an! Ich habe die ganz selten, aber wenn ich sie habe, muss ich mich schütteln, damit ich sie loswerde, nur das ging eben nicht in diesem Speiseaufzug! Ich betete zu Gott, er möge uns helfen. Dann hörte ich Schritte. Ich hielt die Luft an. Ob die Männer zurückgekommen waren? Hatten sie Alma gefunden und aus ihr herausgequetscht, wo sie uns versteckt hatte? Doch die Schritte hörten sich anders an, sie hörten sich wie Almas Schritte an. Dann hörte ich Betty leise glucksen und Alma flüstern: Psst! Oh, wie ich mich gefreut habe! Das kann ich gar nicht beschreiben! Alma zog den Aufzug mit Kurt und mir nach oben. Dabei wachte Kurt auf, und er schämte sich gleich wieder, dass seine Hose nass war! Alma half uns beiden aus dem engen Aufzug, gab mir Betty auf den Arm, umarmte Kurt und tröstete ihn, weil sie gleich merkte, wie sehr er sich schämte: Auch große tapfere Männer machen sich in so einer Situation in die Hose, das kannst du mir glauben!

Kurt sah Alma erleichtert an, und Betty patschte glücklich auf seinen Kopf. Ach, kleine Betty! Ich umarmte und herzte sie. Sie war doch noch so klein! Wie musste sie Mutter und Vater vermissen! Aber wenigstens hatte sie jetzt uns. Und wie gut, dass sie noch nicht so viel denken konnte und deshalb so fröhlich war. Ich wünschte mir, von allem nichts zu wissen, und auch noch so klein zu sein. Plötzlich fiepte es hinter uns. Es war Scarlett! Meine liebe kleine tapfere Scarlett, die sich so brav versteckt hatte! Sie leckte mir und Betty übers Gesicht und stupste Kurt an, dann roch sie natürlich ganz aufgeregt an seiner Hose! Alma musste darüber kichern und holte Kurt frische Hosen. Und sie holte uns Wasser, das Kurt und ich nicht nur tranken, sondern geradezu in uns hineinschütteten. Wir hatten ja so einen Durst!

Danach kam Alma mit einem kleinen gepackten Koffer für uns beide und sagte ganz ernst: Wir können hier nicht mehr bleiben, denn ich bin mir nicht sicher, ob die Männer zurückkommen. Wir müssen noch heute Nacht weg! Kurt wurde ganz bleich, er sah aus wie eine frisch geweißte Wand. Ich will hierbleiben, auf Mutter und Vater warten!, rief er verzweifelt. Alma druckste herum. Kurt starrte sie an, als sei sie ein Ungeheuer, und fragte: Wo sind Mutter und Vater? Die Männer haben gesagt, dass sie sie prügeln wollen, wegen uns! Und Mutter hat immer gesagt, dass sie ins Gefängnis müssen, wenn jemand rauskriegt, dass sie kranke Menschen behandeln!

Ich wusste plötzlich genau, dass sie Vater und Mutter ins Gefängnis gebracht hatten und dass sie da so einfach nicht mehr herauskamen. Das war so ein Gefühl von mir, dass sich ganz echt und unverwechselbar anfühlte, so wie im Speiseaufzug vorhin, deshalb sagte ich schnell, damit Kurt nicht noch weiter Angst bekam: Mutter und Vater kann man nicht einfach verprügeln, die sind doch erwachsen und können sich wehren! Und im Gefängnis werden sie sicherlich nur zu hören bekommen, dass sie das alles nicht noch einmal machen dürfen – so wie wir manchmal in der Schule, nicht Alma, so ist es doch? Ich brauchte Alma als Bestätigung, und obwohl sie sicherlich noch sehr viel mehr wusste als ich, nickte sie mir zustimmend zu. Ich bin ganz stolz auf mich, dass ich so perfekt lügen konnte, obwohl man das ja eigentlich nicht darf.

Alma forderte uns nun auf, schnell unsere Mäntel anzuziehen und festes Schuhwerk, und sagte, dass wir Scarlett an die Leine nehmen sollten. Sie selbst ging zu unserem Schrank im Wohnzimmer und holte von dort einen Umschlag aus der untersten Schublade. Dann öffnete sie den Küchenschrank und nahm eine mittelgroße graue Schachtel heraus. Wie ich mir wünschte, dass ein Kuchen für mich darin wäre, ein gelber weicher Napfkuchen, für meinen Geburtstag! Aber ich traute mich nicht zu fragen.

Schnell schlichen wir durch den Seitenausgang aus unserem Haus in die dunkle Nacht. Unser schönes Haus! In der Novalisstraße Nummer 31a. So ein schöner Straßenname! Von einem Dichter. Ich habe so eine Ahnung, dass ich das Haus wohl so bald nicht wiedersehen werde, dabei wünsche ich mir so, dass alles wieder wird, wie es immer war, aber diese Ahnung, dass das nicht so werden wird, lässt mich einfach nicht los. Und dann kam uns auch noch ein Mann in Uniform entgegen. Alma nahm Kurt an die Hand und flüsterte uns beiden zu, dass wir auf keinen Fall etwas sagen dürften, erst recht nicht unsere Namen! Und den Hitlergruß sollten wir machen, sofort, ohne gefragt zu werden. Kurt fing fast an zu weinen, weil Alma so streng sprach, und weil es auch schon so spät und er müde war. Und wenn er müde ist, wird er immer weinerlich, wie ein Kleinkind. Betty dagegen schlief auf Almas Arm und sah aus wie ein kleiner Engel. Ach, kleine Betty – sie weiß noch nichts von all den bösen Dingen!

Der Mann in Uniform sah im Schein der Straßenlaterne ganz rot im Gesicht aus, und sein Kragen war so eng, dass sein Hals darüberquoll. Seine Augen waren klein und schmal und sahen böse aus. Er schlug die Hacken zusammen und grüßte laut: Heil Hitler! Wir grüßten sofort zurück und zitterten vor Angst, weil wir nichts falsch machen wollten. Bloß nichts anmerken lassen, dachte ich, aber wie das immer so ist, wird's dann meistens noch schlimmer. Was machen Sie denn so spät auf der Straße?, wollte der Mann von Alma wissen und musterte uns aufmerksam. Alma blieb ganz ruhig. Wie ich sie dafür bewundere! Wir kommen gerade aus Ermreuth, antwortete sie, und mussten lange laufen, bis wir Nürnberg erreicht haben, weil das Automobil von meinem Bruder in Kalchreuth stehen geblieben ist. Wir wollen zu meiner Schwester in die Lichtstraße, fuhr sie gefasst und freundlich fort. Wir haben schon einen weiten Weg hinter uns, und die Kinder sind müde. Da passierte es, Kurt fing an zu weinen! Alma wurde nervös und sagte schnell: Oh ja, er weint immer, wenn ich von dem Automobil spreche, das hätte ich jetzt nicht sagen sollen! Er hängt doch so an dem Wagen meines Bruders. Alma konnte wirklich perfekt lügen. Die Züge des Mannes entspannten sich: Jungs und Autos! Das verstehe ich! Kopf hoch, Kleiner, das wird repariert und dann geht's wieder auf die Fahrt durchs schöne Deutschland! Kurt nickte. Und jetzt weiter, die Gören gehören ins Bett!, rief der Mann. Alma bedankte sich höflich und ging mit uns weiter. Wir wollten gar nicht mehr reden, so saß der Schreck in uns. Nach einer Weile bog Alma mit uns in eine schmale

Gasse. Vor einem Haus mit einer Toreinfahrt blieb sie stehen und schaute sich um, ob die Luft rein war. Niemand war zu sehen. Ich wusste nicht, was Alma vorhatte. Jedenfalls klopfte sie in einem bestimmten Rhythmus an das Tor. Ein älterer Mann öffnete das Tor vorsichtig einen Spalt breit. Er sah ganz nett aus, mit seinem Bart und der Ledermütze. Als er Alma erkannte, machte er das Tor ganz auf und ließ uns hinein. Wir standen in einem Innenhof. Der Mann zeigte auf ein kleineres Haus im Hinterhof, in dem noch Licht brannte. Schnell liefen wir dorthin. Ein Mann, der noch jung war, machte uns auf. Er grinste von einem Ohr zum anderen – so einen breiten Mund hatte ich noch nie gesehen. Er rief galant: Hereinmarschiert, meine Damen und junger Herr! In meiner blühenden Manege dürft ihr euch zu Hause fühlen! Er küsste Alma die Hand, und ich wusste sofort, dass die beiden verliebt waren. Sie sah ihn nämlich auf so eine bestimmte Art an und wurde sogar ein bisschen rot, als er ihr in die Augen blickte. Und blühende Manege ist ein hübscher Ausdruck, den werde ich mir merken! Obwohl es sich in Wahrheit nur um ein kleines Hinterhaus handelte.

Ich hätte noch ewig weiterlesen können, doch David weinte plötzlich im Schlaf, und ich hörte, wie Mama ihn tröstete und in Richtung meines Zimmers kam. Schnell knipste ich die Taschenlampe aus und steckte das Tagebuch in meinen Rucksack, der neben dem Bett stand. Keine Sekunde zu spät, denn Mama steckte kurz darauf den Kopf ins Zimmer, schloss dann aber die Tür wieder und ging zurück ins Schlafzimmer. Ich war sehr müde und meine Gedanken kreisten um Oma Minnie, die jetzt so alt ist und alleine in Jerusalem sitzt und eine Schwester hatte und einen Bruder und Eltern, so wie ich. Wie gut es mir geht, dachte ich, und was Oma alles verloren hat! Ich mochte gar nicht daran denken und schlief zum Glück vor lauter Müdigkeit ein.

Kapitel 7

Unsere Bat-Mitzwa-Gruppe ist bunt gemischt. Wir sind vier Mädchen und alle sind wir unterschiedlich, wirklich alle, und Rabbinerin Hirsch ist ganz anders als alle Frauen, die ich kenne.

Sie hat immer eine Kippa auf und eine strenge Brille. Eigentlich müsste man vor ihr Angst haben, aber ihre Augen funkeln – wie soll ich sagen – schelmisch, und drum herum haben sich viele kleine Lachfältchen versammelt, sodass ihre grauen Haare und die strenge Brille irgendwie verschwinden.

Dann ist da Liz, die ziemlich eingebildet ist, weil sie mal in einem Musikwettbewerb den ersten Preis gewonnen hat, und Mia, die sich schon schminkt, weil sie eine ältere Schwester hat, die in einer Parfümerie jobbt, und Rachel, die aus Amerika kommt und noch nicht viel Deutsch kann und eigentlich wieder zurück will, nach New York, weil das ihre Heimat ist und sie da geboren wurde. Rachel hat immer Heimweh, das tut mir richtig leid! Und natürlich ich. Alle fragten mich heute, was für ein Kleid ich anziehen würde, welche Frisur ich tragen würde, was für Musik gespielt wird. Mia bot mir doch allen Ernstes an, mich zu schminken, aber ich konnte gar nicht richtig zuhören, weil ich so mit Oma Minnie beschäftigt war. Außerdem wollte ich unbedingt mit Lea reden, die ja auch da war.

Als ich dann noch aus der Thora vorlesen sollte, konnte ich mich gar nicht konzentrieren. Ach, dieses Hebräisch ist ja so schwer! Ich war wirklich froh, dass Rabbinerin Hirsch Nachsicht mit mir hatte, sie wusste ja, dass ich erst spät aus Jerusalem zurückgekommen war. Aber sie wusste natürlich nichts von Oma Minnie.

Und so habe ich mich nach dem Treffen mit Lea in den Grüneburgpark gesetzt und ihr alles erzählt, was ich bisher wusste. Ich weiß nicht, was es war, ob es Lea war, die mich so anstarrte und immer „echt krass“ sagte oder ob es einfach so über mich kam, jedenfalls war mir plötzlich ganz klar, dass ich wirklich nach Betty suchen musste. So wie ich es Oma in Jerusalem versprochen hatte.

Betty lebte, das fühlte ich in meinem ganzen Körper und in meinen Gedanken, genau wie Oma Minnie, die ja den Sechsten Sinn hatte. Und auch Lea war sich völlig sicher, denn sie hatte eben auch den Sechsten Sinn. Ich war einfach davon überzeugt, dass Oma recht hatte und Betty noch lebt. Irgendwo. Warum ich mir so sicher war, weiß ich nicht.

Lea hat zwar den Sechsten Sinn, aber auch eine andere Eigenschaft, die ich nicht habe, nämlich dass sie völlig realistisch ist. Deshalb erklärte sie mir auch gleich, dass Betty zu suchen etwa so wäre, wie eine Nadel im Heuhaufen finden zu müssen. Ehrlich gesagt, finde ich das nicht so schwer, denn eine Nadel piekt ziemlich in dem weichen Heu, deshalb kann das Suchen nach Betty nicht so unmöglich sein. Schwierig ja, aber nicht unmöglich.

Ich erzählte Lea von dem Haus in der Novalisstraße in Nürnberg und dass ich dort hinfahren müsste, um Informationen zu sammeln. Vielleicht würde es dort eine Spur zu Alma geben. Wir überlegten beide, dass wir Papa und Mama und Ruth erst einmal aus der Sache raushalten sollten, denn die würden kein Verständnis für meine Suche haben. Für Papa war es ja offensichtlich sonnenklar, dass bereits alles getan worden war, was getan werden konnte und dass Betty tot ist. Wie er das nur denken konnte! Obwohl seine eigene Mutter glaubt, dass sie lebt!

Lea wollte für mich lügen und sagen, dass wir einen Streit gehabt haben und ich allein sein wollte. Sie googelte mit ihrem Handy, dass die Bahnfahrt von Frankfurt nach Nürnberg nur zwei Stunden dauern würde und vom Nürnberger Bahnhof bräuchte ich nur dreizehn Minuten mit der Straßenbahn nach Erlenstegen, so heißt der Stadtteil, in dem sich die Novalisstraße befindet. Ich überlegte, wenn ich mich beeilen würde, wäre ich um halb vier dort, zwei Stunden bräuchte ich vielleicht, dann könnte ich kurz nach acht wieder zu Hause sein. Mir war etwas mulmig zumute, ich wollte am liebsten, dass Lea mitkam, aber der Preis für das Zugticket war einfach zu hoch. Eine Fahrt 28,50! Woher sollte ich das Geld nur nehmen? 57 Euro hin und zurück! Außerdem – wenn Lea mitkommen würde, wäre niemand da, der für mich lügen könnte. Ich entschied, meine Spardose zu plündern, in der Hoffnung, dass da noch genügend Geld drin wäre. Davon machte ich es abhängig. Wenn ich nicht genügend Geld hätte, dann würde das Schicksal es so wollen, dass ich nicht fahre. Lea fand das vernünftig, dass ich meine Entscheidung daran festmachte, denn sie glaubte ja an das Schicksal.

Mama war zum Glück nicht zu Hause, so hatte ich freie Bahn. Und ja, in der Spardose waren 127,38 Euro! Dann hätte Lea wirklich mitkommen können! Aber Lea war pragmatisch und dachte gleich daran, dass das nicht die einzige Fahrt werden würde. Möglicherweise müsste ich nach Ermreuth, in den Ort, aus dem Alma kam. Ich beeilte mich also, nahm 70 Euro mit, für alle Fälle, und raste zum Bahnhof. Lea begleitete mich.

Ich kaufte eine Fahrkarte und stieg in den ICE nach Nürnberg. Mein Herz klopfte ganz laut, ich hatte Angst, aber Lea blieb ganz ruhig und meinte, dass ich das alles gut hinbekommen würde. Außerdem wäre sie ja da. Ich sollte nur nicht ans Handy gehen, wenn mich Mama anrufen würde, und ich sollte nicht vergessen, dass wir einen ganz irren Streit hatten, über den wir aber mit niemanden reden könnten, sonst müssten wir uns den Streit jetzt auch noch ausdenken und das wäre zu kompliziert. Da ertönte auch schon das Piepen der Türen, die langsam zugingen. Nun gab es kein Zurück mehr, der Zug fuhr los.

Ich sah aus dem Fenster, wie die Landschaft an mir vorbeiflog. Früher gab es noch keine ICEs, da fuhren noch Dampfloks. Und Minnie hatte noch kein Handy. Wie meins, auf dem ich jetzt sehen konnte, wann und von wo die Straßenbahn nach Erlenstegen fahren würde. Ich musste so viel an Minnie und Kurt denken, dass die Zeit im ICE ganz schnell verflog.

In Nürnberg nahm ich die Straßenbahn und stieg an der Haltestelle Erlenstegen aus. Das Navi auf meinem Handy führte mich direkt zum Haus, in dem Minnie und Kurt und Betty mit ihren Eltern einmal gewohnt hatten. Novalisstraße 31a. Ich war ziemlich überwältigt. Das Haus war riesig und hatte zwei Türmchen oben am Dach, mit Fenstern rundherum, sodass ich sofort an das Märchen *Rapunzel* denken musste. Ich stellte mir vor, dass Rapunzel von so einem Türmchen ihr Haar herabgelassen hat.

Das Haus hatte einen großen Garten und eine alte grüne Haustür mit goldener Klingel an der Seite. Doch das Haus stand leer, und als ich genauer hinsah, merkte ich, dass der Garten ganz verwildert war. Überall stand Baumaterial herum, anscheinend sollte das Haus renoviert werden. Die Tür zum Vorgarten stand offen. Weit und breit war kein Mensch zu sehen, also ging ich hinein. Die Haustür war natürlich abgeschlossen, aber ich wusste ja vom Hintereingang und vom Seiteneingang, die gab es ja vielleicht noch! Ich ging vorsichtig ums Haus herum und entdeckte den Seiteneingang, aus dem Alma mit Betty, Kurt und Minnie geflohen war. Aber auch diese Tür war verschlossen. Ich ging zur Rückseite des Hauses, und richtig, das war der Hintereingang, der in den Keller führte, in dem Minnies Eltern heimlich Patienten behandelt hatten. Und diese Tür war nicht verschlossen! Mein Herz klopfte, als ich in den dunklen Keller hinabstieg. Der war leer, nur durch ein kleines Fenster fiel Licht, deshalb konnte ich die Tür, die nach oben führte, sehen. Doch diese Tür war ebenso wie alle anderen verschlossen. Ich erinnerte mich an das geheime Fach im Boden, in dem Minnies Eltern die Medikamente versteckt hatten, vielleicht gab es dort ja auch einen Reserveschlüssel? Zum Beispiel für die Handwerker? Das machten Mama und Papa auch immer so, dass sie einen Schlüssel versteckten, für die, die in unsere Wohnung wollten, wenn wir mal nicht da waren – oder wenn wir den Schlüssel vergessen hatten.

Aber wie sollte ich die geheime Klappe finden? Wenn es doch nur nicht so dunkel gewesen wäre! Ich ließ mich auf alle Viere hinab und leuchtete den Boden Stück für Stück mit der Taschenlampe meines Handys ab. Plötzlich fand ich sie! Die Klappe! Und in der Tat, darin lag ein Schlüsselbund! Einer der vielen Schlüssel passte dann auch, und ich stieg mit klopfendem Herzen die Kellertreppe hoch. Immer musste ich mich umblicken, ob jemand kam, denn ich war ja eingebrochen. Obwohl? Es ist ja eigentlich Oma Minnies Haus!

Jetzt befand ich mich im Erdgeschoss, neben der Küche. Und dort entdeckte ich die schöne geschwungene Treppe. Diese Treppe führte hoch in ein Zimmer, in dem ich sogar den Speiseaufzug fand! Wie klein er war! Niemals hätte ich da mit David hineingepasst! Wie sich die beiden gequetscht haben mussten.

Überall in den Räumen stand Baumaterial herum. Ich musste daran denken, was ich heute früh in Oma Minnies Tagebuch gelesen hatte, neben dem Foto von Minnie, Kurt, Betty und Scarlett. Also, die Seite mit dem Foto war natürlich leer, denn das Foto stand ja inzwischen bei Oma auf der Kommode, aber neben das Foto hatte sie so viel über ihr schönes altes Haus geschrieben, dass ich es irgendwie verrückt fand, wieviel ich davon wiedererkannte.

Wir haben so ein schönes Haus mit einer geschwungenen Treppe, die so aussieht wie die herrschaftliche Treppe in dem Buch „Vom Winde verweht“, von dem es jetzt einen Film gibt, in Amerika! Die Geschichte handelt von einer Liebesgeschichte in einem großen Haus, mit einer Treppe, die wie bei uns in einer Kurve nach oben führt. Unser Geländer ist aus Holz und soll eine Schlange darstellen. Oben ist das Schwanzende und unten der Kopf, mit der züngelnden Zunge. Ich weiß noch genau, wie es war, als der Photograph zu uns ins Haus kam und uns photographiert hat. Diese Photographie von uns Kindern und Scarlett ist mein Lieblingsbild. Wir waren ganz fein gekleidet, in unseren besten Kleidern. Meines war weiß mit rosa gestickten Blüten, die innen eine Perle hatten. Und die Schleife war aus Seide, und Mutter hatte sie extra mit lauter Blumen bestickt. Wir waren ganz ausgelassen an diesem Tag, und rannten von unten nach oben und zurück. Oben war unser Kinderzimmer mit all den schönen Spielsachen. Ich habe ein Puppenhaus mit einer Küche, die mit Kupferpfännchen und Porzellantassen ausgestattet ist, sowie einem Schlafzimmer mit Kissen und Deckchen aus Spitze. Und Kurt hat ein richtiges Auto, in dem er sitzen und über die Gänge fahren kann. Aber das Geländer ist das Schönste am ganzen Haus. Weil wir da immer hinunterrutschen können. Mutter war an diesem Tag nicht so begeistert darüber, wir sollten doch fein auf dem Bild aussehen, ohne Falten und Knicke in den Kleidern. Und Vater war so stolz auf seine Photokamera, die er schon vor ein paar Jahren gekauft hatte, aber gar nicht betätigen konnte, deshalb musste ja der Photograph kommen, ein alter Freund von Vater, der auch nicht mehr arbeiten durfte, weil er Jude war und deshalb Berufsverbot hatte. Der hielt so ein Blitzgerät in der Hand. Wie war das aufregend! Mutter stellte uns für das Bild auf: Sie gab mir Betty auf den Arm, dann platzierte sie Kurt neben mich und holte einen Hocker, auf den sie Scarlett setzte. Und Scarlett hat sich natürlich wie immer gut benommen! Vater hat das Bild extra für Betty gemacht. Er sagte damals ganz stolz: Unsere kleine Betty mit ihren Geschwistern und der treuen Scarlett, 23. April 1940, Pessach. Das erste Pessach von Betty!

Das werde ich nie vergessen! Ach, lieber Vater! Ich hoffe, sie sind gut zu dir! Vater ist nämlich nicht so ein Handwerker, er ist eher jemand, der viel denken kann. Mutter sagt immer, dass Vater ihr Feingeist ist, was auch immer das zu bedeuten hat. Jemand der fein denken kann? Darunter kann ich mir nichts vorstellen – weiß aber, dass es etwas Gutes ist. Weil Mutter nur gute Dinge von Vater sagt.

Kapitel 8

Ich lief durch die leeren Räume und stellte sie mir mit Möbeln und Vorhängen vor. Eins der Zimmer musste das Kinderzimmer von Minnie und Kurt gewesen sein, denn als ich darinstand, musste ich sofort an das Auto von Kurt und an die Puppenstube von Minnie denken, und ich hatte plötzlich große Lust, das Treppengeländer hinunterzurutschen. Das machte richtig Spaß, weil es so lang war! Es hatte wirklich einen Schlangenkopf am Ende. Alles war so, wie im Tagebuch beschrieben, nur leer, ohne Möbel.

Ich sah auf meine Uhr. Ich hatte fast die Zeit vergessen und musste dringend los. Ich entschied, das Schlüsselbund zurückzulegen. Auch wenn es Minnies Haus war. Überhaupt: Wieso weiß Papa eigentlich nichts von dem Haus? Warum hat er uns nie davon erzählt? Warum leben wir nicht darin? Warum Oma nicht? Das musste ich unbedingt klären!

Mit diesen Fragen fuhr ich zurück nach Frankfurt. Als ich im Zug saß, sah ich, dass Mama mich permanent auf meinem Handy anrief, aber ich wollte nicht drangehen. Warum lebt Minnie in Jerusalem und nicht in ihrem Haus, in dem sie aufgewachsen ist? Ich verstehe das alles nicht. Aber was sollte ich jetzt machen? Ich konnte Mama und Papa unmöglich erzählen, dass ich dort gewesen war, in Minnies Haus! Und über Betty hatte ich überhaupt nichts herausgefunden. Also war mein Besuch dort eigentlich umsonst. Nein, war er nicht, denn nun konnte ich mir wenigstens vorstellen, wie Minnie einmal gewohnt hat, wie sie gelebt hat, als sie so alt war wie ich und alles aufgeschrieben hat.

Als ich zu Hause ankam, wollte ich mich heimlich in unsere Wohnung schleichen. Doch Mama war wie immer schneller. Sie war ganz aufgebracht, ja, geradezu wütend, das ist sie eher selten, eigentlich nur, wenn sie sich Sorgen macht: „Wieso gehst du nicht ans Handy? Ich versuche dauernd, dich zu erreichen! Wo warst du überhaupt?! Und ist dir eigentlich klar, dass wir dein Handy bezahlen? Noch einmal so etwas wie heute, dann bist du dein Handy los! Für immer!"

Ich murmelte etwas von dem Streit mit Lea und dass ich allein sein wollte. Das verstand Mama nun gar nicht, denn sie ging davon aus, dass ich bei einem Streit zu ihr kommen würde, um mit ihr darüber zu sprechen! Obwohl ich verstehen konnte, dass Mama sich aufregte, und ich wusste, dass sie recht hatte, mit allem, was sie sagte, verzog ich mich in mein Zimmer. Ich ließ Mama ziemlich verzweifelt zurück. Dann hörte ich, wie sie mit Papa telefonierte, der noch bei der Arbeit war, und mit ihm über meine Pubertät sprach. Wenn Mama doch nur wüsste! Später hörte ich auch noch David fragen, was eine Pubertät ist. Mama antwortete ihm: „Pubertät ist, wenn man zu viele Gefühle hat und nicht weiß wohin damit …“

Ob David das verstanden hat? Ich jedenfalls nicht, denn ich hatte ja keine Gefühle, ich hatte Probleme! Weil ich mit niemandem sprechen konnte, weil ich Omas Geheimnis bewahren musste, das nur ihr und mir und Schmuel gehörte. Mama meinte sicherlich Gefühle wegen Jungs, weil das viele in der Pubertät so haben, wenn sie sich das erste Mal verlieben. Da musste ich an Djamil denken und dass ich ihn immer noch nicht gesprochen hatte! Und jetzt war es wieder zu spät! Nein, ich war nicht in ihn verliebt, ich musste nur an ihn denken, mehr nicht!

Ich wollte unbedingt im Tagebuch von Oma weiterlesen, doch da hörte ich, wie Papa nach Hause kam und ziemlich aufgebracht war. Er machte sich weniger Sorgen um meine Pubertät als vielmehr um Oma Minnies und meine Beziehung. Ich hörte Papa Mama fragen: „Was glaubst du, weiß Amit über Mutter? Ob Mutter ihr an dem Abend noch etwas erzählt hat? Sie war doch so lange bei Amit im Zimmer! Vielleicht hat sie sich deshalb so zurückgezogen, unsere Amit?“

Papa machte sich also Sorgen. Dafür hatte ich ihn jetzt richtig lieb. Ich wäre gerne zu ihm gelaufen, hätte ihm von dem Haus in Nürnberg erzählt, aber da hörte ich, dass Papa sehr verzweifelt wurde und seine Stimme so seltsam stockte, so als ob er fast schon wieder anfangen wollte zu weinen. Er beklagte sich, dass Oma Minnie keinen Frieden machen will, nicht mit sich, nicht mit Deutschland, nicht mit der Vergangenheit und nicht mit uns. Und dass sie immer einen Streit provoziere. Papa hat ja so unrecht! Er kennt Omas Tagebuch nicht! Er weiß nicht, was sie alles durchgemacht hat. Und er will nichts mehr von Betty wissen! Wie soll Oma denn Frieden mit ihm machen, wenn er nicht an sie glaubt! Dann hörte ich, wie Mama ihn beruhigte, so wie immer. Und wie sie noch den Wasserkocher anmachte, für einen Gute-Nacht-Tee. Immerhin hielten Mama und Papa zusammen und hatten einander. Deshalb zog ich mich mit dem Tagebuch von Oma in mein Bett zurück und las weiter.

Das Hinterhaus ist wirklich gemütlich. Und es hat sogar einen Keller, was man gar nicht denkt, in dem man sich gut verstecken kann. Das Haus gehört Almas Freund Franz, sie ist mächtig stolz auf ihn, weil er so mutig ist und Leuten wie uns hilft. Aber Alma ist ja auch mutig, da stehen sich die beiden in nichts nach. Kurt und ich bekamen eine heiße Schokolade, die so dick war wie Schokoladenpudding, köstlich! Ich gab Scarlett etwas davon ab, die natürlich noch mehr wollte. Alma fing plötzlich an, von einem Plan B zu sprechen, der jetzt eingetreten wäre und den Mutter und Vater mit ihr besprochen hatten. Demnach hatten sich Mutter und Vater wohl schon gedacht, dass es einmal so schlimm kommen könnte. Jedenfalls war besprochen, dass wir in einem Notfall wie diesem nach Luxemburg gebracht werden sollten. Dort wohnte zum einen Vaters Schwester mit ihrer Familie, und zum anderen gab es da den Rabbi Serebrenik, der vielen Juden half, nach Amerika zu fliehen. Ich kenne Vaters Schwester und meine Cousinen und Cousins ganz gut, sie sind sehr nett. Aber sie sind alle viel älter als ich, deshalb kann ich mit ihnen nicht spielen, sie lesen lieber Bücher oder gehen mit Freunden aus, aber sie sind trotzdem nett und reden auch mit uns, was viele Ältere ja nicht tun. Ich habe also nichts gegen Luxemburg. Der ältere Mann, der uns hereingelassen hatte und Toni heißt, aber schon, denn er rief: Die Luxemburger sind noch deutscher als die Deutschen! Da sind Juden schon seit Jahren nicht mehr sicher. Und wir erst recht nicht. Nein – es bleibt bei Brüssel, so ist das abgemacht. Da ist Alma richtig wütend geworden. Nein, Toni, rief sie, wir hatten gar nichts abgemacht! Brüssel war immer als absolute Not-Notlösung gedacht. Die Kinder sollten zuerst zu ihrer Tante nach Luxemburg und nur, wenn es dort politisch nicht mehr geht, dann sollten sie zu Jakob Myer, weil er Herrn Rosenblats bester Freund ist. Dazu kommt, dass ich gar keine Nachricht aus Brüssel habe, fuhr sie fort. Wer weiß, ob sie den Freund von Doktor Rosenblat nicht schon abgeholt haben! Und willst du die

Kinder in den sicheren Tod schicken? Ich verstehe das alles nicht. Ich kenne Herrn Jakob Myer, er ist wirklich Vaters bester Freund und ein Spezialist, wenn es um Krankheiten mit dem Herzen geht. Und er ist sehr lustig. Aber zu Herrn Myer nach Brüssel? Seltsam. Aber ich denke, wenn Vater und Mutter das so überlegt haben, wird es schon richtig sein. Franz war jedenfalls auf Almas Seite und versuchte, die Situation zu beruhigen, und sagte ganz besonnen: Lass uns das mit Luxemburg versuchen, Toni. Brüssel ist zu weit. Da sind wir zwei Tage unterwegs. Und außerdem sind die Deutschen Truppen seit kurzem auch in Belgien, sicherer ist es da gewiss nicht. Alma gab Franz und Toni beide Adressen, die aus Luxemburg und die aus Brüssel. Dann sagte Franz zu uns: Lasst uns keine Zeit verlieren und gleich losfahren. Die Grenzen werden jetzt von der Wehrmacht kontrolliert, von Hitlers Soldaten. Da müsst ihr die ganze Fahrt in dem Versteck zwischen den Vordersitzen und den Kisten bleiben und absolut still sein, kann ich mich auf euch verlassen?

Kurt war mächtig beeindruckt, und ich glaube, er dachte, dass wir auf eine Abenteuerfahrt gingen. Ich hatte Bedenken, gerade nach der Erfahrung mit ihm im Speiseaufzug, aber ich wollte nicht alles verkomplizieren und nickte, auch wenn ich Angst vor dem Versteck bekam, in dem wir bleiben sollten, wegen der Enge und der Luftnot. Toni verstärkte meine Angst dann noch, als er sagte: Wir packen noch eine Plane über euch, damit man gar nicht erst auf den Gedanken kommt, dass wir euch dabeihaben, capito? Und keinen Mucks, dass das klar ist! Toni konnte schon ziemlich kratzbürstig sein, und das kann Kurt gar nicht haben, denn er ist so einen Ton von Mutter und Vater nicht gewohnt. Er fragte auch prompt nach unseren Eltern. Franz klärte Kurt auf: Die sind in ein Arbeitslager gebracht worden, aber wir wissen noch nicht genau, in welches. Ich bekam einen riesigen Schreck, denn ich wusste, dass ein Lager noch schlimmer als ein Gefängnis war. Mutter hatte einmal davon erzählt und dass sie Angst davor hatte, weil man dort so schwere Arbeit leisten musste. Ich atmete ganz tief durch. Arbeitslager! Daraus kamen manche Menschen nie wieder zurück!

Alma unterbrach meine Gedanken und sagte: Ja, das ist alles sehr schlimm, aber wir können jetzt nur einen Schritt nach dem anderen machen. Betty kommt mit mir nach Ermreuth. Da ist meine Familie, die werden mir helfen, Betty zu verstecken. Und Scarlett ist ja nicht jüdisch, sie kann leben, wo sie will. Ich konnte nicht fassen, was Alma da sagte. Scarlett musste natürlich mit uns mit! Sie gehört zu uns, zu Kurt und mir! Sie kann nicht ohne uns sein, wir haben sie großgezogen! Nur, wie sollte ich das durchsetzen, wo wir uns schon hinter der Bank verstecken mussten? Kurt weinte aus lauter Verzweiflung, er war ja noch so klein, und schluchzte, dass er ohne Scarlett nirgendwohin gehen würde. Toni rief jetzt richtig zornig: Der Hund muss hierbleiben. An der Grenze haben sie Schäferhunde. Wenn so einer eure Scarlett schnuppert, ist es um sie geschehen, die fressen sie einfach auf – und um uns ist es dann auch geschehen, denn die fackeln nicht lange. Kurt schluckte, er konnte darauf nichts erwidern, aber er weinte leise weiter. Und ich fing auch an zu weinen, weil Scarlett nicht mit uns durfte. Alma tröstete mich, dass es ja nur für so lange sei, bis es mit dem bescheuerten Hitler vorbei wäre. Dieser Verrückte wird bestimmt nicht lange bleiben, sagte sie. Wie Toni da die Stirn runzelte! Der bleibt, bis nichts mehr übrig ist, das sag ich dir, Alma! Aber jetzt los!, befahl er Franz und Kurt und mir. Alma umarmte uns ganz fest, dann holte sie ein kleines Satinsäckchen aus ihrer Tasche, gab es mir und sagte: Hier sind vier Steine, sie sind sehr viel wert, die haben mir deine Eltern gegeben, für euch. Falls einmal so etwas wie jetzt geschehen sollte. Es sind Rohdiamanten. Wenn ihr Geld braucht, nicht weiterkommt, dann tauscht ihr sie gegen Geld, ja? Ich nahm das Säckchen. Dass Mutter und Vater so vorgesorgt hatten! Ich wollte fast schon wieder weinen vor Schmerz über das alles, aber ich riss mich zusammen, wegen Kurt, der ja jetzt wegen allem weinen musste, und da wollte ich wenigstens stark sein. Ab jetzt musste ich wie eine Mutter sein, die ihn beschützt. Alma öffnete den Umschlag, den sie aus unserem Schrank mitgenommen hatte, holte eine Menge Geld heraus und gab es Toni, der das verwalten sollte. Dann gab Alma Franz die graue Schachtel, die sie auch mitgenommen hatte, und zwinkerte ihm verschwörerisch zu. Oh, wie ich mich darüber freute! Ich glaube jetzt nämlich, dass sich in der Schachtel wirklich ein Geburtstagskuchen befindet. Und übermorgen ist ja mein Geburtstag!

Aber was dann kam, war das Traurigste, was ich seit langem erlebt hatte: Ich musste mich verabschieden – von Alma und mei-

ner lieben kleinen Schwester Betty und von Scarlett. Wie oft ich Betty geküsst und geherzt habe und auch Scarlett und Alma – bestimmt tausend Mal. Ich habe mich immer wieder umgedreht, ich wollte das Bild nie vergessen: Alma und Betty – wie sie dastanden und Scarlett daneben. Alma winkte und Betty gluckste. Betty hat natürlich nicht verstanden, um was es ging. Nur Scarlett hat gemerkt, dass es ein Abschied war. Sie hat sich flach auf den Bauch gelegt und ihre Schnauze zwischen ihren Pfoten vergraben. Kurt konnte gar nicht mehr mit Weinen aufhören.

Die Männer haben uns dann durch einen verwilderten Garten geführt, zu einem alten klapprigen Lieferwagen. Wir mussten über die Vordersitze klettern in den schmalen Spalt, der sich zwischen einer dicken Holzwand und den Sitzen befand. Die Holzwand war zum Schutz, sodass die vielen leeren Kisten nicht auf uns purzelten, wenn Franz und Toni einmal bremsen mussten. Toni und Franz gaben vor, Wein aus Luxemburg zu holen, deshalb hatten sie so viele Kisten gestapelt. Es war so eng, dass Kurt und ich mehr übereinander als nebeneinander liegen konnten. Ich bekam schon wieder diese Platzangst und fing ganz langsam an zu zählen, damit ich mich beruhigte. Als Toni dann auch noch eine Plane über uns legte, die nach Schmieröl und Teer roch, konnte ich es nicht mehr aushalten. Franz merkte das wohl, deshalb hatte er die Idee, die Plane so zwischen die Sitze und dem Holzbrett zu spannen, dass wir wenigstens Luft bekamen. Mit ein wenig Phantasie waren wir jetzt in einem kleinen Zelt unterwegs. Ich versuchte, es uns ein wenig gemütlich zu machen, und legte

Kurt und mir meinen Mantel als Kopfkissen auf den harten Boden. Aber Kurt hatte Angst und war kaum zu beruhigen. Er fragte immer wieder, was passieren würde, wenn die Soldaten uns finden würden. Dann hörten wir, wie die Türen zugeschlagen wurden und der Wagen losfahren wollte. Doch plötzlich rief Franz: Halt, Toni! Da sitzt der Hund, mitten auf der Straße! Wir hörten, wie Alma aufgeregt etwas sagte, und dann öffnete sich die Wagentür, wir hörten Scarlett jaulen und Alma in beruhigendem Ton auf sie einreden, dann fuhren wir endgültig los. Scarlett wollte nicht, dass wir sie verlassen, ich spürte das so sehr, und Kurt wohl auch, denn er klammerte sich ganz fest an mich. Jetzt hatten wir nur noch uns beide! In meinem Herz brannte es richtig, aber ich wollte stark sein, für Kurt. Draußen regnete es, der Regen peitschte an die Scheiben. Irgendwann sind wir vor Erschöpfung eingeschlafen, denn ich kann mich gar nicht mehr daran erinnern, wie wir gefahren sind, ob es holperte oder ob wir stehen geblieben sind. Ich hörte nur den Regen, der so prasselte, dass er mich in den Schlaf getrommelt hat, wie eine Melodie aus früheren Zeiten, als Mutter und Vater uns ein Schlaflied vorgesungen haben und ich den Rhythmus so gerne mit den Händen an der Bettkante mitgetrommelt habe.

Kapitel 9

Es war so ungerecht! Ich lag in meinem warmen Bett, hatte mein eigenes Zimmer und konnte dem Regen zuhören, der jetzt an meine Fensterscheibe prasselte. Und ich musste nicht versteckt unter einer Plane in irgendeinem Auto liegen, das mich nach Luxemburg bringen sollte. Was hatten Minnie und Kurt alles durchgemacht! Und den kleinen weißen Hund mussten sie zurücklassen. Ach – ich hätte auch so gerne einen Hund. Aber ich weiß ja, was Mama und Papa dazu sagen: „Nur, weil Oma mal einen hatte, musst du nicht auch einen haben. Und du weißt ja, ein Hund in der Großstadt! Niemals!"

Ich legte das Tagebuch unter mein Kopfkissen und stand auf. Ich konnte nicht weiterlesen. Alles war so aufwühlend und schlimm, und ich hätte so gerne mit Papa darüber gesprochen, oder mit Oma! Ich blickte aus dem Fenster. Frankfurt ist so hell in der Nacht, weil überall Lichter brennen. Wie dunkel muss es damals gewesen sein, in dem Auto und überhaupt. Und wie mutig von den Männern, Minnie und Kurt nach Luxemburg zu bringen!

Mir war plötzlich kalt, und ich ging ins Bett zurück.

Ich wollte schlafen und alles vergessen, aber als ich das Tagebuch von Oma weglegen wollte, entdeckte ich ganz hinten, an dem hinteren Deckel des Tagebuchs, eine angeklebte Papiertasche. Dort waren zwei zusammengefaltete Briefe, an Frau Alma Wagner, Schlossgasse 4, in Ermreuth gerichtet. Die Schrift des einen Briefes konnte ich nicht lesen, es waren seltsame Schriftzeichen, die ich noch nie zuvor gesehen hatte.

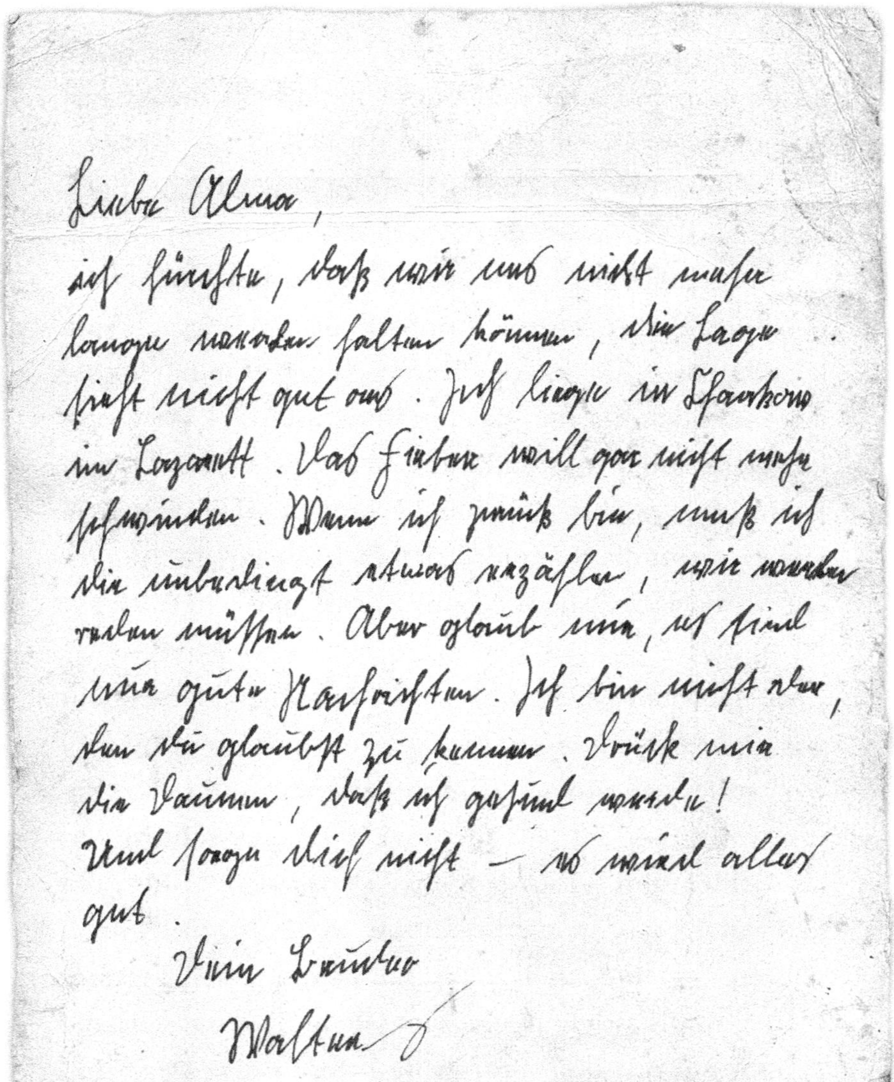
Liebe Alma,

ich fürchte, dass wir uns nicht mehr lange werden halten können, die Lage sieht nicht gut aus. Ich liege in Charkow im Lazarett. Das Fieber will gar nicht mehr verschwinden. Wenn ich zurück bin, muss ich dir unbedingt etwas erzählen, wir werden reden müssen. Aber glaub mir, es sind nur gute Nachrichten. Ich bin nicht der, den du glaubst zu kennen. Drück mir die Daumen, dass ich gesund werde! Und sorge dich nicht – es wird alles gut.

Dein Bruder

Walter

Das Einzige, was ich lesen konnte, war:

Liebe Alma!, die anderen Buchstaben sahen aus wie Hieroglyphen, ansonsten war es ein ganz normaler Brief, mit Anfang und Ende und einer Unterschrift, die ich erst nach einer Weile entziffern konnte: *Dein Bruder Walter.* Der andere Brief bestand aus ein paar ganz krakeligen Schriftzeichen sowie einer Zeichnung mit einem Storch, der auf einer Turmspitze saß mit einem Baby im Schnabel. Die Briefe musste ich unbedingt Lea zeigen – vielleicht wusste sie ja, was das für eine Schrift war. Ich packte das Tagebuch mit den Briefen in meinen Rucksack und kuschelte mich nun endgültig in meine warme Decke. Es war jetzt nachts manchmal schon ziemlich kalt. Wie immer, wenn die Sommerferien zu Ende gingen, und es anfing, nach Spätsommer und Herbst zu riechen.

Am nächsten Morgen, als ich im Bat-Mitzwa-Unterricht war, fiel es mir schwer, mich zu konzentrieren, obwohl es ja sozusagen meine Generalprobe war und Lea zuhören wollte, wie ich aus meinem Wochenabschnitt vorlas. Leider kam sie so spät, dass ich vor dem Unterricht nicht mehr mit ihr reden konnte, was es für mich noch schwerer machte, mich zu konzentrieren, weil ich immer wieder an die Briefe denken musste und an die seltsame Zeichnung mit dem Storch und dem Baby. Dann unterbrach mich auch noch Rabbinerin Hirsch und sagte streng: „Amit, wo bist du? Was ist los mit dir? Hörst du mir eigentlich gar nicht mehr zu? Nicht mehr lange, und du wirst den Wochenabschnitt vor der ganzen Gemeinde vorlesen. Heute ist deine Generalprobe!"

Ich konnte gar nicht so schnell antworten, ich hatte wirklich nicht gehört, dass Rabbinerin Hirsch mit mir geredet hatte, und wusste nicht, was ich sagen sollte, deshalb übernahm Lea das Wort für mich und erklärte, dass ich wohl schon ziemlich aufgeregt wäre und mich deshalb so schlecht konzentrieren könnte. Rabbinerin Hirsch wurde ärgerlich und fragte mich, ob ich wohl auch für mich selbst sprechen könnte. Aber was sollte ich ihr sagen? Dass ich Omas Tagebuch hatte und dass ich mit Lea über die beiden Briefe reden wollte? Ich stotterte ziemlich herum, als ich fragte, ob ich kurz mal raus dürfte und ob Lea mitkommen könnte. „In Gottes Namen, bitte!", murmelte Rabbinerin Hirsch sichtlich genervt. Ich wusste, dass ich ihre Geduld langsam überstrapaziert hatte, aber ich war so froh, dass ich nach draußen gehen durfte und mit Lea reden konnte.

Ich erzählte ihr, was ich alles gelesen hatte, dass Minnie und Kurt nach Luxemburg unterwegs waren, und ich zeigte Lea die zwei Briefe, die ich im Tagebuch gefunden hatte. Aber Lea verstand nur Bahnhof, weil auch sie die Schrift nicht lesen konnte, und weil sie nicht wusste, was jetzt die Briefe mit Luxemburg zu tun hatten. So langsam, sagte sie, mache sie sich auch Sorgen um mich, weil ich mich gar nicht mehr auf meine Bat Mitzwa konzentrierte. Ich wusste selbst, dass ich nicht richtig aufgepasst hatte und dass ich mich vor der ganzen Gemeinde blamieren würde, wenn ich nicht richtig aus der Thora vorlas, aber ich hatte andere Probleme! Minnie und Kurt waren mir inzwischen so nah gekommen, dass es mir fast egal war, ob ich Bat Mitzwa hatte oder nicht. Oma würde sowieso nicht dabei sein, deshalb lohnte sich auch keine Anstrengung mehr, beschloss ich für mich, sagte es aber niemandem, nicht mal Lea.

Lea schlug vor, die Briefe Rabbinerin Hirsch zu zeigen und ihr auch von dem Tagebuch zu erzählen. Sie würde dann verstehen, was mit mir los ist, und das wäre gut für alle.

Doch das wollte ich nicht, denn mir war klar, dass ich Rabbinerin Hirsch niemals die Briefe zeigen durfte, geschweige denn das Tagebuch. Sie würde mit Sicherheit Mama und Papa anrufen, ihnen von all dem erzählen und sich beschweren, dass ich so unkonzentriert war. Ich zeigte Lea die Zeichnung und sagte dann: „Das mit Rabbinerin Hirsch ist keine Option. Lass uns lieber selbst nachdenken. Auf dem Bild ist ein Kirchturm mit einer besonderen Form, die aussieht wie eine Haube mit einer Spitze obendrauf. Und ein Storch, der ein Baby trägt, wie wenn Betty in eine Kirche getragen würde …“

Lea unterbrach mich: „Dann hätten deine Eltern und Oma Minnie und all diese Suchdienste das doch herausgefunden!“

„Aber, wenn dieser Walter, der ja wohl der Bruder von Alma war, in ein anderes Land gemusst hätte!“, entgegnete ich. Lea rollte die Augen und meinte, mir würde immer etwas Neues einfallen.

„Und wenn schon!“, rief ich verzweifelt, weil mich Lea einfach nicht verstehen wollte!

Doch dann überlegte sie und sagte: „Vielleicht stimmt es mit dem fremden Land, vielleicht ist der Turm der einer Moschee? Denn solche Türme habe ich hier noch nie gesehen.“

Wir beschlossen, Djamil zu fragen, denn der wusste eigentlich fast alles, auch weil er so eine große Bibliothek in seinem Zimmer hatte.

Nun hatte ich wieder Hoffnung geschöpft und konnte mich deshalb auch besser konzentrieren. Rabbinerin Hirsch war dann auch sehr zufrieden mit mir und lobte die frische Luft, die mir offenbar geholfen haben musste. Ach, wenn sie wüsste! Irgendwann einmal werde ich ihr alles darüber erzählen.

Ich konnte das Unterrichtsende kaum erwarten, und als es soweit war, rannten Lea und ich nach Hause und klingelten bei Djamil. Er hatte immer noch nichts von seinem Vater gehört, und das machte ihn ganz nervös.

Wie zur Ablenkung fragte er dann ganz charmant: „Habt ihr etwas auf dem Herzen, Ladys?"

Auf dem Herzen! Wie Djamil sich immer ausdrückt! Und dann sah er mich wieder so an – mit diesen Augen aus Blaubeuren! Mir wird dann immer ganz anders zumute, und ich fragte mich, ob ich vielleicht wirklich verliebt in Djamil bin. Aber ich glaube eigentlich nicht, ich finde Djamils Ausdrucksweise einfach so besonders. Auch wie er „Ladys" sagte, das hatte irgendwie Klasse.

Ich fragte, ob wir kurz reinkommen könnten, weil ich ihm etwas zeigen wollte. Djamil ließ uns in seine Wohnung. Lea und ich sind immer völlig hin und weg, wenn wir bei Djamil sind. Seine Mutter, Cleo, hat einfach so einen außerordentlichen Geschmack, der alles so anders macht als das, was ich kenne. Zum Beispiel ist die Garderobe das hintere Autoteil eines VW-Busses, eines ganz alten, in rot-weiß. Wenn man die Heckklappe aufmacht, liegen da Schals und Handschuhe und Mützen. Und im Wohnzimmer steht ein Sofa, das geht einmal im Kreis herum und war einmal ein Karussell – Cleo hat es selbst gepolstert und bezogen. Überall an den Wänden hängen Bilder, und Djamils Zimmer ist von oben bis unten mit Büchern bestückt, weil sein Vater nicht weiß, wohin damit, und Djamil sich schon immer eine Bibliothek gewünscht hat, denn er liest furchtbar gern. Ich kenne niemanden von unseren Freunden, der so viel gelesen hat wie Djamil.

Lea nennt ihn einen coolen Nerd, aber ich finde, das trifft es nicht richtig. Weil Nerd immer so negativ klingt und negativ ist Djamil nun gar nicht.

Als ich Djamil alles erzählt und den Brief von Walter gezeigt hatte, erklärte er, dass Moscheen schmale Türme oder einen Turm haben, auf dem sich ganz oben das Minarett mit einem Halbmond befindet. Er holte einen Bildband aus dem Regal und zeigte uns ganz viele Moscheen. Und in der Tat, keine sah so aus wie die Zeichnung von diesem Walter. Wir überlegten dann, dass Almas Bruder vielleicht in Russland war, im Krieg, und Betty mitgenommen hatte. Aber auch russische Türme konnte uns Djamil zeigen, und die sahen ganz oben an der Spitze aus wie eine Zwiebel und völlig anders als der Turm von Walter. Außerdem war das mit Russland bei genauerer Überlegung kompletter Unsinn. Niemand hätte ein Baby mit in den Krieg genommen, das wäre niemals gegangen.

„Eigentlich ist das jetzt eine detektivische Aufgabe. Überlegen wir doch einmal: Wenn Walter nicht wusste, wohin mit Betty, weil Alma vielleicht Betty in Ermreuth gar nicht verstecken konnte, weil ihre Eltern etwas dagegen hatten …“

Djamil unterbrach mich, er wollte mir in einem anderen Buch einen barocken Kirchturm zeigen, der eine Ähnlichkeit mit dem von Walter hatte, aber Lea war schneller. Sie zeigte uns auf ihrem Handy genau diesen

Kirchturm, den sie gegoogelt hatte: „Bingo – der steht in Bayern, das ist eine Kirche in Bayern, und Ermreuth ist doch Bayern, oder nicht? Und übrigens, Djamil, das Internet ist einfach schneller, verglichen mit deiner Bibliothek …“ Doch Djamil lächelte nur milde und entgegnete schlagfertig: „Aber meine Bibliothek ist viel schöner als dein kleines Googlegerät. Und übrigens: Ermreuth liegt in Oberfranken, das ist ein Teil von Bayern, aber das wird dir das kleine Spatzengehirn von Handy ja nicht sagen, weil es ja nur Wikipedia kennt und das ist ungenau.“

Lea meinte spitz: „Wieder mal anwesend: Professor@library.com.“ Das war Djamils Spitzname, weil sein Vater Professor ist und Djamil genauso viel liest wie sein Vater. Ich merkte schon, wie sich Lea und Djamil streiten wollten, deshalb sagte ich: „Leute, stellt euch vor, Alma oder Walter haben Betty wirklich in eine Kirche gebracht, dann haben sie ihr vielleicht in der Kirche einen anderen Namen gegeben, und Betty war ja noch viel zu klein, um etwas zu verstehen! Das bedeutet, sie weiß überhaupt nicht, dass sie eigentlich Betty Rosenblat heißt!“

„Krass“, sagte Lea und nickte anerkennend. Wir beschlossen, dass wir zum Pfarrer nach Ermreuth mussten. Weil der sicherlich die Kirchenbücher mit allen Namen der Gestorbenen und Geborenen in seinem Dorf hatte und vielleicht wusste, wo Alma jetzt ist und Walter, und außerdem konnte er vielleicht diese alte Schrift lesen, weil das konnte – zu Leas Freude – auch Djamil nicht. Jetzt brauchten wir aber doch das Internet, weil wir googeln mussten, wie weit es nach Ermreuth war. Djamils Computer hängt an der Wand und lässt sich hoch- und runterfahren, total modern, und er kann sogar mit ihm sprechen und der antwortet dann. Er nennt ihn „Drittes Auge." Der Computer fand heraus, dass man 3 Stunden und 20 Minuten nach Ermreuth braucht. Hin und zurück sowie mit Aufenthalt im Ort würde die ganze Reise gute zehn Stunden in Anspruch nehmen. Und die Fahrkarte wäre für jeden Einzelnen 30 Euro im Sparangebot. Doch wie sollten wir zehn Stunden von zu Hause weg sein, ohne dass es einer merkte?

Lea hatte eine gute Idee: „Schwimmbad, Eisdiele, Zoobesuch, Chillen im Park, da kommen schnell zehn Stunden zusammen. Und das Geld schnorren wir uns von unseren Eltern. Immerhin sind Ferien, da können sie mal was rausrücken für den Zoo und der ist teuer!" Außerdem hatte jeder von uns noch etwas in seiner Spardose. Es war also abgemacht, dass wir zusammen nach Ermreuth fahren würden. Was für gute Freunde ich hatte!

Als wir später mit Mama darüber sprachen, war sie natürlich nicht so begeistert, dass wir einen Tag blaumachen und noch nicht einmal David mitnehmen wollten, der, wer hätte es anders gedacht, natürlich auch in den Zoo wollte.

Aber wieder Lea wusste Rat: „In den Zoo gehen wir nicht lange, denn wir wollen noch ein wenig chillen und rumhängen, und da langweilst du dich, das weiß ich!" David überlegte, Rumhängen auf Straßen und Plätzen langweilte ihn wirklich, deshalb gab er klein bei. Wie gut Lea lügen konnte! Ich versprach Mama, dann die nächsten Tage zu Hause zu bleiben, weil es ja noch so viel zu tun gab. Da war Mama zufrieden.

Ich war sehr aufgeregt, und am Abend konnte ich nicht einschlafen. Ich dachte an Minnie und Kurt und daran, was ich schon gelesen hatte in Oma Minnies Tagebuch, an Luxemburg und Belgien und wie schlimm das alles für Minnie und Kurt gewesen sein muss. Und ich wurde wütend auf Deutschland, das Minnie das angetan hatte, und mir war ganz klar, dass Oma Minnie nicht in Deutschland bleiben konnte und dass sie nie in das Land zurückwollte, das ihr so schlimme Dinge angetan hatte und dass sie nicht in das große alte Haus zurückwollte, das sie an alles, was sie verloren hatte, erinnert.

Kapitel 10

Ich liege gerade in Els' Bett mit den ganzen Kissen aus Spitze und Stickereien. Es gibt so viel zu schreiben, liebes Tagebuch! Ich weiß gar nicht, wo ich beginnen soll.
David schlummerte noch tief und fest, da sah ich durch einen Riss in der Plane, dass es schon hell war. Ich lugte durch den Riss und konnte sehen, dass wir in einer Stadt angekommen waren. Überall waren Männer in Uniformen, den gleichen Uniformen, wie die, die sie in Deutschland hatten. Es stimmte also, die deutschen Soldaten waren nun auch schon in Luxemburg! Wir fuhren an einem Plakat vorbei, darauf stand: <u>Hier wird jetzt Deutsch gesprochen!</u> Wie das wohl für die Menschen in Luxemburg war? Manche konnten doch gar kein Deutsch, wie sollten sie das so schnell lernen? Ich hörte, wie Franz sagte, dass er lieber im Dunkeln in die Stadt zurückkommen wolle, weil jetzt zu viele Polizisten und Soldaten da seien und ihm das alles zu unsicher sei. Aber Toni sagte, dass der Weg viel zu kompliziert sei und er den nachts nie finden würde. An ein Schaufenster war ein großer Judenstern geschmiert, sie hatten sich noch nicht mal Mühe gegeben, so schief war er, und die Eingangstür war zugenagelt. Ich bekam richtige Angst. Es war hier ja genauso wie

in Nürnberg! Plötzlich sah ich ganz viele Menschen, nur Frauen und Kinder, gar keine Männer mit dabei. Sie mussten auf einen Lastwagen klettern, der hinten offen war und mitten auf der Straße stand und den Weg versperrte. Franz hielt an, und Toni sprang aus dem Wagen. Er ging zu einem Polizisten und fragte, wie man jetzt weiterkäme. Der Polizist schrie in einem ganz gemeinen Ton: Gar nicht! Sehn sie doch. Hier wird geräumt. Das Judenpack zieht aus!

Ich sah, dass manche Menschen aus den Fenstern schauten und darüber lachten, dass die Frauen und Kinder so verängstigt waren. Manche klatschten sogar in die Hände und schrien: Juden raus! Da kam der Polizist plötzlich zu unserem Wagen, ich hatte jetzt richtig Angst, dass er mich gesehen hatte, ich war ja auch ein Judenpack. Ich duckte mich und machte mich ganz klein. Als ob das geholfen hätte! Mein Herz klopfte ganz laut. Hoffentlich hatte er mich nicht gesehen! Ich hörte, wie er zu Franz sagte: Was ist? Wollen Sie hier Wurzeln schlagen? Wo kommen Sie denn überhaupt her? Franz blieb ganz ruhig und sagte, dass wir aus Nürnberg kämen, um Wein abzuholen. Der Polizist wurde ungeduldig und sagte, Franz solle umdrehen, es gäbe da nichts zu glotzen, und er solle den Alten mitnehmen, sonst würde er den auch gleich verladen. Dann lachte er noch schadenfroh über seinen Witz. Toni stieg jedenfalls wieder ein, und Franz drehte um. Toni sagte leise: Diese Schweine! Hast du gesehen, da war die Schwester von Herrn Rosenblat dabei und die drei Kinder! Mich hielt jetzt nichts mehr, ich lugte wieder durch den Riss und ent-

deckte tatsächlich Tante Mirjam und Immanuel und Elias und Rebekka! Mein Herz wollte fast zerspringen, sie sahen verzweifelt aus und hatten nur einen kleinen Koffer dabei. Dann wachte auch noch Kurt auf, da zischte Franz mich an: Bist du verrückt geworden? Nimm den Kopf runter! Sofort! Oder willst du mit verladen werden? Ich legte mich schnell wieder neben Kurt, der vor lauter Angst zitterte, er wusste gar nicht, was los war, und ich wollte es ihm auch nicht erzählen. Ich log Kurt an, dass wir durch eine Stadt mit Polizisten fahren würden, und dass Franz nicht wolle, dass die uns sehen. Kurt war beruhigt, aber mich tröstete es nicht, ich musste an Tante Mirjam denken und an meine Cousins und meine Cousine. Es hatte so grässlich ausgesehen, als wären sie Tiere, die zum Schlachten gebracht werden sollten, so eng auf dem Lastwagen standen sie und hatten keinen Platz.

Mir wurde auf einmal ganz schwindlig, ich hatte Hunger. Nach einer langen Weile wagte ich dann doch wieder einen Blick durch den Riss und sah, dass wir durch einen Wald fuhren. Ein Fluss blinkte durch die Bäume. Franz bog auf einen Waldweg ab und hielt nach einer kurzen Wegstrecke. Er öffnete die Tür und ließ uns endlich frei. Ich war froh, wieder Licht zu sehen und meine Beine ausstrecken zu können. Und Kurt atmete extra viel frische Luft ein, so als ob er seine kleine Lunge auf Reserve füllen wollte. Franz gab uns Wasser zu trinken, ich hatte solchen Durst. Und dann musste ich auch ganz dringend und ging hinter einen Baum. Kurt hatte mal wieder in die Hose gemacht, aber das war nicht so schlimm. Der Fluss war um die Ecke, und ich habe Kurts

Hosen ausgewaschen und ihm eine neue angezogen. Die Sonne schien durch die Blätter, und ich hing die frisch gewaschene Hose zum Trocknen auf. Toni und Franz waren ganz stumm. Sie meinten aber, dass wir im Wald für den Moment sicher seien und die Luft und die Sonne genießen sollten. Sie brachen uns Brot ab und gaben uns ein Stück Wurst. Wie gut das schmeckte!

Ich musste an Scarlett denken, ob sie uns vermisste? Wenn einer von uns nicht zu Hause war, lag sie immer an der Tür und wartete, bis wir zurück waren. Und wenn wir dann wiederkamen, sprang sie im Kreis vor Freude! Ob sie jetzt an Almas Tür liegt und auf uns wartet? Und an Betty musste ich auch denken, aber die hatte es bestimmt gut bei Alma, denn Alma kannte sie ja schon von Geburt an. Und an Mutter und Vater versuchte ich nicht zu denken, da wurde ich zu traurig und bekam Angst. Langsam ging es mir besser. Franz wollte erst in der Dunkelheit weiterfahren, und deshalb durften Kurt und ich im Wald spielen. Das machte so viel Spaß! Meine Beine waren schon so verkrümmt, dass ich sie auf Vorrat ausstreckte. Dann spielten wir Verstecken. Das war ein schöner Tag, und außerdem hatte Toni noch einen Fisch gefangen und ein kleines Feuer gemacht. Es war wie in den Ferien. Und obwohl ich Fisch nicht so gern mag, war dieser gebratene Fisch das Köstlichste, was ich je gegessen hatte.

Es begann, dunkel zu werden, und ich war traurig, dass der Tag zu Ende ging. Ich musste an Tante Mirjam denken. Traute mich aber nicht zu fragen. Vielleicht, weil ich es auch gar nicht wissen wollte, wohin sie alle gebracht wurden, und warum sie nicht mehr in ihrer Wohnung bleiben konnten, und wir sie nicht mehr sehen durften.

Kurt wusste gar nicht, wo wir waren, und dachte, dass wir noch gar nicht in Luxemburg angekommen waren. Ich wollte ihn in seinem Glauben lassen, er ist ja noch so klein.

Als wir uns dann wieder in unserem schmalen Zelt hinter den Sitzen versteckten, schlief ich ziemlich schnell ein. Ich bemerkte den Geruch von Teer und Schmieröl schon gar nicht mehr. Der Tag war so wie früher, wenn wir einen Ausflug machten und dann spielen durften, bis es dunkel war. Danach schlief ich auch immer ganz schnell ein.

Franz weckte uns erst wieder auf, als wir in Brüssel angekommen waren. Wir sollten ab jetzt nicht mehr sprechen, sodass alle Leute uns für belgische Kinder hielten. Als wir aus dem Wagen stiegen, war mir das erste Mal richtig kalt. Ich merkte, dass so langsam der Herbst kam, und war froh, dass Alma darauf gedrängt hatte, dass wir warme Schuhe, dicke Jacken und eine Mütze mitnehmen. Kurt lehnte sich ganz dicht an mich und nahm meine Hand. Sie war ganz kalt. Hoffentlich würde sich Kurt nicht erkälten! Franz drängte uns, ihm zu folgen. Toni drückte uns noch einmal ganz fest zum Abschied, da war er gar nicht mehr so kratzbürstig. Eher sah er besorgt aus, als fragte er sich, ob alles gut gehen würde. Wir eilten dann Franz hinterher, der sehr bald an die Tür eines Hauses klopfte. Eine Frau öffnete und zog uns ganz schnell in den Hausflur. Sie sah gemütlich aus, weil sie so rund war und ihr Pagenkopf so freundlich wippte.

Franz hatte es sehr eilig und flüsterte: Alles Gute! Dann gab er der Frau die graue Schachtel, von der ich immer noch hoffte, dass Kuchen darin sei, und verließ uns.

Einfach so und ganz schnell.

Alles war plötzlich fremd und kalt. Ich bekam ein dunkles Gefühl, weil ich nicht wusste, was als Nächstes passieren würde. Doch Els, so hieß die nette Frau, die sich uns dann vorstellte, war sehr nett und sagte auf Deutsch: Na, ihr habt ja eine lange Reise hinter euch, da könnt ihr euch bei mir erst einmal ausruhen. Danach wurde sie dann sehr ernst und erzählte uns, dass Jakob Myer verhaftet worden war, dass die Polizei gestern alle jüdischen Männer abgeholt habe und es sich herumgesprochen hatte, dass sie nach Frankreich in ein Lager kommen sollten. Ich glaube, ich wurde ganz bleich, denn Els nahm mich in den Arm und sagte: Kind! Bleib ganz ruhig! Wir haben schlimme Zeiten, es ist Krieg. Die Deutschen haben ihren Virus überall hinverpflanzt. Selbst hier kann man keinem mehr trauen!

Und dann erzählte sie uns, dass sie eine Wohnung an Jakob Myer vermietet hatte und dass sie Herrn Myer sehr mochte, weil er so ein höflicher Mann mit guten Manieren sei. Aber dann fuhr Els fort, dass wir nicht in Jakob Myers Wohnung könnten, so wie geplant, das sei zu unsicher, es könne nämlich sein, dass die Polizisten noch einmal zurückkämen, um nach Papieren oder anderen Dingen zu suchen. Sie hatte deshalb ein Versteck eingerichtet, im Keller, extra für uns. Dort sollten wir drei Tage bleiben, dann würde uns ihr Bruder abholen und aufs Land bringen. Els hatte Kontakt zu Leuten, die würden sich um uns kümmern und uns in Sicherheit bringen.

Sie brachte uns also in den Keller. Der war zwar ganz dunkel, aber im Gegensatz zu unserem engen Versteck im Lieferwagen, in dem wir zwei Tage verharren mussten, ein Paradies. Els hatte zwei Matratzen in ein Kellerregal gelegt, übereinander, sodass das Regal aussah wie ein Stockbett. Vor dem kleinen tiefen Kellerfenster hingen Spinnweben, und ich wollte mir gar nicht erst ausmalen, wo die Spinnen überall waren. Kurt fragte nach Mutter und Vater und ob wir jetzt in Luxemburg wären. Els antwortete: Aber Kind, wir sind in Belgien! Sei froh, dass ihr einen Platz habt und zu Essen bekommt! Kurt verstand das nicht und nahm wieder meine Hand. Els kündigte an, uns etwas zu Essen zu machen. Wir sollten unbedingt leise sein, denn im Haus würden noch andere Leute wohnen, die nicht wissen dürften, dass wir da waren. Kurt trippelte von einem Fuß auf den anderen und sagte leise, dass er mal müsse. Els deutete auf zwei alte Emailleeimer mit Deckel in der Kellerecke, daneben hingen zurechtgeschnittene Zeitungsblätter, und sie sagte: Der eine Eimer ist für Groß, der andere für Klein. Dann ging sie und ließ uns zurück. Kurt ging zu den Eimern, und er pieselte extra ganz laut in den leeren Eimer. Das machte ihm Spaß, und er schien für einen Moment richtig fröhlich zu sein.

Dann kam Els wieder zurück, mit einem Kuchen und einer Kerze auf einem Tablett und zwei kleinen Tellern dazu. Mein Geburtstag! Ich wurde heute dreizehn Jahre alt! Ich hatte völlig vergessen, dass heute mein Geburtstag war! Kurt blickte mit großen Augen auf den Kuchen, dann zu mir. Ich freute mich so sehr, dass ich mich gar nicht richtig traute, mich zu freuen, weil ich Angst hatte, dass es weh tun würde. Kennst Du das, liebes Tagebuch? Dass man sich so freut, dass es sich fast wie ein Schmerz anfühlt?

Kurt umarmte mich verlegen und stammelte, dass er meinen Geburtstag vergessen hätte, weil alles so durcheinander war und dass er mir ein Bild malen würde, sobald wir wieder zu Hause wären. Ich tröstete ihn damit, dass ich selbst meinen Geburtstag vergessen hatte, weil so viel los war. Oh, wie ich Mutter und Vater und Betty und Alma und Scarlett vermisste! Els sang mir ein belgisches Geburtstagslied und legte eine kleine weiße Spitzendecke auf den schäbigen Kellertisch. Dann ging sie zu einem Regal, holte eine Flasche Himbeersirup hervor und füllte sie in drei kleine Gläser. Wir sollten die Gläser klingen lassen auf meinen Geburtstag. Meine Hand zitterte richtig! Weil ich so traurig und glücklich und alles zusammen war. Kurt hob sein Glas und sagte: Alles Gute zum Geburtstag, liebes Schwesterherz. Und wenn wir wieder zu Hause sind, dann mal ich dir gleich zwei Bilder! Ach, mein kleiner Kurt! So langsam wird mir klar, dass wir so schnell nicht wieder zu Hause sein werden. Els streichelte Kurt über den Kopf und sah mich an. Wir beide wussten, dass schlimme Zeiten angebrochen waren, und ich schwor mir, für Kurt immer da zu sein.

Els wollte nichts vom Kuchen abhaben und ließ uns allein. Ich gab Kurt ein Stück von dem goldgelben Kuchen. Jeder Biss schmeckte nach Alma und Betty und Mutter und Vater und unserem Zuhause. Dann sagte Kurt plötzlich ganz leise, ein Happen für Vater, dann biss er wieder ab und sagte, einer für Mutter, und das machten wir so lange weiter – für Mutter, Vater, Betty, Alma und Scarlett –, bis der ganze Kuchen alle war.

Aber es durfte ja nie schön sein und eine Weile so bleiben. Bald hörten Kurt und ich die Stimmen von Männern. Irgendwie hörte man gleich, dass es Polizisten waren, weil die so einen bestimmten Ton haben, der immer befehlen muss. Die Stimmen wurden immer lauter, dann hörten wir das Schlagen von Türen und schwere Schritte von Stiefeln. Und von der Straße waren Trillerpfeifen zu hören. Kurt bekam schreckliche Angst und wollte wissen, ob uns die Polizei nun holen würde. Ich konnte Kurt dieses Mal nicht trösten, weil ich auch ganz schreckliche Angst hatte. Wir mussten uns verstecken – nur wo? Ein rostiger Schlüssel hing an einem Brett neben der Tür, die wohl zu einem Hinterhof führte. Ich versuchte, damit die Tür zu öffnen, aber das war schwierig. Der Schlüssel drehte sich gar nicht! Ich befahl Kurt, das ganze Geschirr in den Eimer zu legen, doch er weigerte sich, weil da ja sein Pipi drin war. Also musste ich es machen. Ebenso nahm ich die Zeitungsblätter, die neben dem Eimer hingen und stopfte sie unter die Matratze. Dann nahmen wir ganz schnell den kleinen Koffer und schoben ihn hinter ein Regal. Mit letzter Kraft bekam ich schließlich die Tür auf, sie war wohl lange nicht geöffnet worden, denn sie quietschte und ließ sich nur schwer bewegen. Sie führte wirklich in einen Hinterhof, der ganz winzig und von hohen Hauswänden umgeben war. Es gab keinen Ausweg! Keinen Fluchtweg! Unter einer Regenrinne standen zwei Regentonnen. Ich rannte in den Keller zurück und hörte von oben die Stiefel die Treppe hinunterkommen. Dann trat jemand gegen die Kellertür. Ich konnte nicht verstehen, was die Männerstimme sagte, offensichtlich war die Tür abgeschlossen. Aber dann hörte ich Els' Stimme. Ich wusste, dass wir verloren waren und Els auch, wenn mir nicht schnell etwas einfiel. Ich nahm Kurt bei der Hand, und wir schlossen die Tür zum Hinterhof. Durch den Türspalt sah ich, wie das Licht zweier Taschenlampen anging. Zwei Polizisten kamen in den Keller. Einer von ihnen leuchtete das Regal ab und entdeckte die Matratzen. Er wollte anscheinend von Els wissen, wer hier geschlafen hatte. Els gab eine Antwort, die den Polizisten offenbar zufriedenstellte. Dann deutete der Polizist auf die Tür zum Hinterhof. Ich huschte mit Kurt so lautlos wie möglich zu den Regentonnen. Ich half ihm in die eine und kletterte ganz schnell in die andere, sie waren halb mit Wasser gefüllt. Ich hörte, wie sich die Tür quietschend zum Hof öffnete. Auf Kommando duckten wir uns so tief es ging in das Wasser.

Ich weiß nicht, wie lange ich es ausgehalten habe, aber irgendwann ging es nicht mehr, und ich kam leise prustend nach oben. Kurt blickte mir schon entgegen und deutete zur Tür. Die war wieder verschlossen. Wir hörten von Ferne das Schlagen von Autotüren und einen Motor, der angelassen wurde. Da öffnete auch schon Els die Tür zum Hinterhof. Ich werde nie vergessen, wie sie uns angesehen hat! Als wären wir Geister!

Sie nahm uns mit zu sich nach oben, wo wir die nassen Sachen auszogen. Und dann durften wir in ihr schönes Bett. Das war so gemütlich und warm und erinnerte mich an unser Zuhause. Els erzählte, dass die Polizei wiedergekommen war, weil Jakob geflohen war, er sei einfach von dem Lastwagen heruntergesprungen und in der Stadt verschwunden. Deshalb mussten wir jetzt auch morgen ganz früh weiter. Els versprach, die Kleider über Nacht zu trocknen, und sagte, wir sollten schnell schlafen, damit wir für den nächsten Tag gut ausgeruht sind. Es ist so schön in diesem großen Bett mit der dicken Bettdecke, deshalb sage ich Dir jetzt gute Nacht, liebes Tagebuch, denn ich bin todmüde. Ich hoffe, ich habe bald nur noch gute Nachrichten für Dich.

Kapitel 11

Ich wurde von der Türklingel wach und wusste im ersten Moment gar nicht mehr, ob ich träume oder ob alles wahr war. Kurt, Minnie, Els – alles ging in meinem Kopf durcheinander. Dann hörte ich, wie Mama mit Djamil sprach. Da fiel es mir wieder ein! Wir wollten doch nach Ermreuth fahren! Ich sprang aus dem Bett, zog mich ganz schnell an, lief an Mama vorbei, die mal wieder den Kopf über mich schüttelte, und verließ ohne Frühstück das Haus.

Lea wartete schon am Bahnhof und war ganz ungeduldig. „Wer will hier eigentlich nach Ermreuth, du oder ich?“, fragte sie ziemlich genervt, weil sie wohl schon fast eine halbe Stunde gewartet hatte.

Mit den Fahrkarten ging alles glatt, und ich kaufte mir noch eine Brezel und eine Cola. Djamil rechnete gleich aus, wie viel ich zu viel bezahlt hatte, weil im Bahnhof alles teurer ist, außerdem hätte ich ja das ganze Geld sparen können, wenn ich früher aufgestanden wäre und zu Hause gefrühstückt hätte.

Aber ich hörte ihm gar nicht richtig zu, denn ich dachte nur an Minnie und Kurt, und ich erzählte den beiden im Zug von den neuen Tagebucheintragungen, die ich gelesen hatte: von Minnies Geburtstag, dem Keller und den Regentonnen. Djamil und Lea wurden ganz still, und Djamil verstand jetzt, warum mich das alles so beschäftigte. Lea wollte natürlich wie immer witzig sein und sagte, dass sie demnächst auch mal eine Kellerparty machen wollte, mit Spinnen und allem, was dazugehört. Ich fand das gar nicht witzig, da lenkte Lea ein und sagte: „Du bist Oma Minnie geschickt worden, Amit, um das Geheimnis um Betty aufzulösen, und wir sind die Schutzengel, die dich begleiten müssen, damit wir dich schützen können, wenn das Geheimnis so ausgeht wie bei Harry Potter."

Manchmal hasse ich Leas Geplapper. Was, um Himmels Willen, hat Harry Potter mit Betty zu tun? Lea wollte sich mal wieder wichtigmachen vor Djamil und zeigen, was sie alles gelesen hat. Aber ich sagte nichts, denn wir hingen jetzt jeder unseren eigenen Gedanken nach, und mir schien, dass Oma Minnie uns voll im Griff hatte, und wir alle unbedingt wollten, dass wir Betty finden. Auch wenn Lea es nicht lassen konnte und immer wieder betonte, dass das wie das Suchen nach einer Stecknadel im Heuhaufen wäre.

Als wir in Nürnberg ankamen, suchten wir die S-Bahn nach Forchheim, und als wir in Forchheim angekommen waren, war es nicht mehr weit. Wir mussten allerdings an der Bushaltestelle auf den Bus nach Ermreuth warten. Der Wind pfiff ziemlich kalt, und es war kein Mensch zu sehen. Lea tat so, als wäre sie beeindruckt, und sagte mit Ironie in der Stimme: „Krass, ich war noch nie in Forchheim." Dann blickte sie sich gespielt neugierig um. Ich dachte an Minnie, die so etwas nie hätte sagen können, weil es ums Überleben ging, aber ich wollte Lea nicht belehren, immerhin wollte sie mir ja helfen, und hielt deshalb lieber meinen Mund. Djamil checkte den Busfahrplan und sagte, dass der Bus nach Ermreuth gleich kommen würde und dass das hier ein ziemliches Kaff wäre. Lea stimmte zu: „Du sagst es. Wer will hier schon wohnen?" Lea und Djamil gingen mir langsam ziemlich auf den Wecker. Sie hatten überhaupt kein Feingefühl. Aber was rede ich, ich kenne das ja auch, wenn jemand zum Beispiel einen Film gesehen hat und ihn mir erzählt und noch ganz in der Welt des Films ist, dann ist er in seiner eigenen Stimmung, die ich auch nicht so einfach nachfühlen kann. Und so musste es Djamil und Lea gehen. Sie haben das Tagebuch von Oma ja nicht gelesen.

Als wir dann endlich im Bus saßen, betrachtete ich die kleinen Dörfer und Felder, durch die wir fuhren. Ich dachte an Minnie, die in dem Lieferwagen lag und gar nichts sehen konnte und sich so krumm machen und dabei noch Kurt trösten musste. Wie gut ich es dagegen hatte ...

Djamil unterbrach meine Gedanken, er hatte herausgefunden, dass es in Ermreuth mal eine jüdische Gemeinde gegeben hatte und der jüdische Friedhof noch existierte. Lea rief begeistert, dass wir da gleich einmal nachsehen könnten. Sie fand es einfach krass, dass es hier in der Pampa einen jüdischen Friedhof gab. Lea plappert immer so drauflos. Sie wusste doch, dass Betty kein jüdisches Kind sein durfte, als sie mit Alma unterwegs war! Ich schlug vor, zuerst auf dem Dorffriedhof nachzusehen, ob da jemand lag, der im Oktober 1939 geboren ist. Das hätte ja Betty sein können, egal, wie sie da hieß. Djamil überlegte, ob es nicht sinnvoller wäre, gleich zum Dorfpfarrer zu gehen, er würde bestimmt alle kennen, denn er hatte ja bestimmt noch alle Kirchenbücher. Aber ich wollte erst einmal zum Dorffriedhof.

Als wir schließlich in Ermreuth ankamen, gingen wir also zuerst zum Friedhof, aber dort lag niemand, der im Oktober 1939 geboren war. Lea und Djamil wurden ungeduldig und machten mir klar, dass zwar wir von Bettys Geburtsdatum wussten, aber jemand anderer gar nichts davon wissen konnte, weil Betty damals ja noch nicht sprechen konnte. Und dass Betty ja wahrscheinlich nicht mehr Betty hieß, sondern einen anderen Namen hatte. Und deshalb würden wir sie so gewiss niemals finden. Djamil und Lea hatten recht. Es war hoffnungslos. Wie konnte ich nur denken, dass ich Betty wiederfinden würde, wenn es nicht einmal Erwachsene geschafft hatten? Djamil musste meine Verzweiflung gespürt haben. Er meinte, dass wir Betty vielleicht doch auf dem jüdischen Friedhof finden würden. Lea sah auf ihre Uhr und sagte, dass wir dafür keine Zeit mehr hätten, weil der Weg zum jüdischen Friedhof mitten durch den Wald führte, wie sie auf ihrem Smartphone sehen konnte. Dass sie immer Internet hat und alles wusste! So wie Djamil.

Er nickte auch noch anerkennend, und beide sagten, dass sie ab jetzt die Verantwortung für mich übernehmen wollten, denn ich könnte ja offensichtlich nicht mehr klar und rational denken. Ich war ziemlich überrascht darüber, wie Lea und Djamil mit mir redeten! Ab jetzt nannte ich die beiden nur noch: Professor@Library.com und Mrs. Wikipedia. Sollten sie doch zusammenhalten gegen mich, mir war das völlig egal! Ich ging zurück Richtung Bushaltestelle und ließ die beiden einfach stehen.

Und da ist es passiert!

Etwas Magisches – es war ganz sicher ein Zeichen von Oma oder Betty, damit ich nicht aufgebe: Plötzlich sah ich in der Entfernung einen kleinen weißen Hund sitzen, der genauso aussah wie Scarlett auf dem Foto bei Oma Minnie. Ich rieb mir die Augen. Ich wusste natürlich genau, dass Scarlett nicht mehr am Leben sein konnte, Hunde werden ja schließlich nicht achtzig Jahre alt, aber trotzdem rief ich „Scarlett!"

Der kleine Hund spitzte die Ohren. Ich ging in die Hocke und streckte meine Arme nach ihm aus. Da kam er auf mich zu und schnupperte an meiner Hand. Ich konnte es nicht glauben, er sah wirklich genauso aus wie Scarlett auf dem Foto!

Lea und Djamil verstanden gar nichts mehr. „Scarlett? Spinnst du? Ein Hund wird doch höchstens sechzehn Jahre alt!“, befanden die beiden Schlaumeier und gingen auf Scarlett zu. Doch das war ihr zu viel, denn sie rannte weg. Prima!, dachte ich, Professor@Library.com und Mrs. Wikipedia, wie kann man so unsensibel sein? Ich rannte Scarlett nach – aber sie war in den Büschen und Sträuchern am Wegrand verschwunden. Ich rief vergeblich nach ihr.

„Minnie hatte doch einen Hund, Scarlett, der sah genauso aus wie dieser hier!“, versuchte ich Djamil und Lea verzweifelt zu erklären. Doch sie gingen gar nicht darauf ein und versuchten stattdessen, mich zu beruhigen. Aber wie sollte ich mich beruhigen können? Ich hatte Scarlett gefunden! Eine Spur!

Lea blieb auf ihre Art stoisch. „Mann, Amit! Sei doch einfach mal vernünftig! Du läufst einem x-beliebigen Hund nach, der mit Sicherheit nicht Scarlett heißt und irgendwem hier aus dem Kaff gehört!“

Djamil nickte und versuchte, sachlich zu bleiben: „Amit, Lea hat recht, jetzt denk doch mal ruhig nach: Wer könnte wissen, wo Alma jetzt ist und was in den Briefen von Walter steht?!" Ich fühlte mich so vorgeführt von den beiden, und ich hasste sie für ihre Besserwisserei, aber was sollte ich machen, sie hatten ja auf eine Art recht, deshalb gab ich dann doch klein bei, ließ die beiden aber wieder stehen und ging alleine Richtung Kirche.

„Geht doch", hörte ich Lea zu Djamil sagen, als sie mir folgten. Sollten sie sich doch ineinander verlieben, sie passten ja auch wirklich sehr gut zusammen mit ihrer überheblichen Art! Und ich wollte auch gar nicht mehr, dass sie mich verstanden, wie sollten sie denn auch? Hatten sie etwa eine Oma Minnie und ihr Tagebuch? Ich fühlte mich ausgegrenzt und hatte einen dicken Kloß im Hals, aber ich riss mich zusammen, denn ich wollte mir das nicht anmerken lassen.

Als wir wenig später im Büro des Pfarrers, der Herr Diestel hieß, saßen, konzentrierte ich mich nur auf die Sache mit Alma. Der Pfarrer war mittelalt und sah freundlich aus, mit seiner dicken Brille und den graumelierten Haaren. Als er meinen Namen hörte, erinnerte er sich an eine Frau Goldstein, die schon einmal in Ermreuth war. Das hatte ihm sein Vorgänger erzählt, der Frau Goldstein so gerne geholfen hätte, es aber nicht konnte. Der Pfarrer holte das passende Kirchenbuch, in dem alles stand, also wer in Ermreuth geboren oder gestorben war, wer geheiratet hat oder getauft wurde. Und entnahm dem Kirchenbuch einen Umschlag, aus dem er ein Foto hervorzog, auf dem Oma Minnie zu sehen war, neben einem Pfarrer. Das Foto stammte aus dem Jahr 1955, das stand hinten drauf, und war anlässlich von Oma Minnies Besuch in Ermreuth aufgenommen worden. Wie hübsch Minnie darauf aussah! Da war sie achtundzwanzig Jahre alt und trug einen langen Pferdeschwanz und einen Pony. Und was für eine schmale Taille sie hatte!

Lea kommentierte das Bild anerkennend mit „Scharfe Braut". Ich trat unter dem Tisch gegen ihr Schienbein; so konnte man doch nicht bei einem Pfarrer sprechen! Herr Diestel hatte das aber gar nicht mitbekommen, weil er uns gerade das Foto erklärte: „Mein Vorgänger Pfarrer Schmidt – Gott hab ihn selig, er ist vor wenigen Jahren gestorben – hat deiner Großmutter alles erzählt, was er wusste. Das Haus im Hintergrund ist übrigens das Haus der Familie Wagner, also von dem Kindermädchen, das bei der Familie deiner Großmutter gearbeitet hat. Das steht aber schon lange nicht mehr. Es war baufällig und wurde abgerissen."

Als ich fragte, wo Alma jetzt wäre, blickte mich Pfarrer Diestel verwundert an und fragte mich, ob mir das meine Großmutter denn nicht erzählt hätte. Ich schüttelte den Kopf, und Herr Diestel schlug das Kirchenbuch auf und las vor: „Alma Wagner, geboren 1912 in Ermreuth, ab 1. November 1940 Wohnsitz in Nürnberg wegen Anstellung als Haushälterin." Ich war verwirrt. Wenn Alma in Nürnberg wieder gearbeitet hatte, bei einer anderen Familie, wo war dann Betty? Weil der Pfarrer sich gar nicht erinnerte, wer Betty war, musste ich ihm erklären, dass Betty, die Schwester von Oma Minnie, noch ein Baby war, als Minnie und Kurt aus Nürnberg fliehen mussten, und dass Alma versprochen hatte, auf Betty aufzupassen. Ich erklärte dem Pfarrer, dass Betty in Nürnberg als Betty Rosenblat geboren wurde, und weil sie jüdisch war, bestimmt einen anderen Namen bekommen hatte. Vielleicht Betty Wagner oder Susanne Wagner oder Helga Wagner oder was weiß ich. Herr Diestel blätterte im Kirchenbuch und sagte: „Eine Betty ist hier nicht verzeichnet. Es gibt hier im Register auch gar kein Kind, das im Oktober 1939 geboren wurde."

Lea bemerkte trocken: „Wie auch, Betty ist ja in Nürnberg geboren."

Ich wurde plötzlich wütend und rief: „Aber irgendetwas müssen Sie doch wissen! Irgendetwas muss doch in diesem Buch da stehen!"

Der Pfarrer wollte mich trösten und sagte: „Ich kann verstehen, dass du verzweifelt bist. Aber der Krieg war grausam, er hat Familien auseinandergerissen, viele Menschen haben ihr Leben verloren. Selbst wenn Betty noch bei den Eltern von Alma gewesen wäre: Almas Vater, Ludwig Wagner, starb schon vor dem Krieg bei einem Unfall. Die Mutter von Alma starb am 3.12.1943 an Herzschwäche in Ermreuth …"

Ich unterbrach Pfarrer Diestel, obwohl ich weiß, dass man das nicht tut, aber er kapierte einfach gar nichts: „Dann war Betty bei Alma, sag ich doch!"

Der Pfarrer korrigierte mich: „Es tut mir sehr leid, dies sagen zu müssen – aber Alma ist in der Nacht vom 10. auf den 11. August 1943 bei einem Bombenangriff auf Nürnberg ums Leben gekommen."

Das war wie ein Schlag auf den Kopf. Mir wurde ganz schwarz vor Augen. Warum hatte Oma das nie erzählt? Dann musste Betty ja mit ihr gestorben sein! Das war doch ganz klar! Alles war plötzlich so anders, so verschwommen, so hoffnungslos. Doch dann kam mir ein anderer Gedanke – wenn Alma gestorben ist und auch Almas Mutter, dann konnte Betty nur bei Almas Bruder gewesen sein! Ich holte die Briefe von Walter aus meinem Rucksack, zeigte sie Herrn Diestel und erklärte, dass ich die Schrift nicht lesen konnte. Er betrachtete sie nachdenklich und sagte dann: „Die Schrift heißt Sütterlin, so wurde damals öfter geschrieben. Und es handelt sich hier um Feldpostbriefe, die nennt man so, weil sie von der Front geschickt wurden, das war der Ort, an dem Walter als Soldat gekämpft hatte und dort wohl im Lazarett war, wie er schreibt. Hier steht:

Liebe Alma! Ich fürchte, dass wir uns nicht mehr lange werden halten können, die Lage sieht nicht gut aus. Ich liege in Charkow im Lazarett. Das Fieber will gar nicht mehr schwinden. Wenn ich

zurück bin, muss ich dir unbedingt etwas erzählen, wir werden reden müssen. Aber glaub mir, es sind nur gute Nachrichten. Ich bin nicht der, den du glaubst zu kennen. Drück mir die Daumen, dass ich gesund werde. Und sorge dich nicht – es wird alles gut.
Dein Bruder Walter

Dann blickte der Pfarrer sich die krakeligen Schriftzeichen und die Zeichnung an und sagte: „Walter hatte mit Sicherheit hohes Fieber, sonst hätte er nicht so krakelig gezeichnet, so, als konnte er kaum noch etwas sehen, diese Zeichen kann nicht mal ich entziffern. Und die Zeichnung ... eine Kirche, ein Storch und ein Säugling ... kurz vor dem Tod halluziniert man manchmal. Er wollte vielleicht als unschuldiges Kind vor Gott treten ... die Zeichnung ist vom 12.11.1943, gestorben ist Walter Wagner am 14.11.1943."

Djamil murmelte nachdenklich: „Zwei Tage danach ..., dann ist ja zuerst Alma gestorben, dann Walter und dann die Mutter von beiden!"

„Aber wo war Betty? Sie kann doch nicht einfach alleine geblieben sein!", rief ich verzweifelt.

Djamil überlegte laut: „Und wenn Walter sie in eine Kirche gebracht hat, weil sie Betty nicht verstecken konnten ... Das zeigt doch die Zeichnung!"

Der Pfarrer belehrte uns: „Den Kirchen war es verboten, Juden Asyl zu gewähren, und wenn sie es doch taten, wurde es nirgendwo registriert ..."

Ich entgegnete mit letzter Hoffnung: „Aber vielleicht Babys! Betty war doch noch ein Baby!“

Aber Herr Diestel sah uns an und sagte sehr ernst: „Nein, nicht einmal Babys.“

Ich suchte fieberhaft nach einer Lösung: „Dann hat Alma Betty vielleicht doch mit nach Nürnberg genommen, in die andere Familie …“

Aber auch dafür hatte Pfarrer Diestel ein Gegenargument: „Diese Betty war zwar ein jüdisches Kind … aber wenn sie mit Alma gemeinsam ums Leben gekommen wäre, würde es gewiss hier in irgendeiner Form vermerkt sein.“

Djamil wollte wissen, ob es in der Umgebung Türme wie die auf Walters Zeichnung gab. Pfarrer Diestel lachte: „Ja, solche barocken Kirchtürme gibt es hier in Bayern jede Menge!“

Da platzte es aus mir heraus: „Dann hat Walter Wagner Betty in eine Kirche getragen! So sieht es ja auch auf der Zeichnung aus!“

Der Pfarrer wurde nun etwas ärgerlich und sagte streng: „Ich nehme an, das hat deine Großmutter alles schon genauestens recherchiert. Und sie war damals mit Sicherheit in allen Kirchen der Umgebung. Sonst wäre sie ja nicht nach Ermreuth gekommen. Nach Deutschland – in das Land, das ihr alles genommen hat. Das muss sehr schwer für sie gewesen sein. Mutig, deine Großmutter.“

Lea sah auf ihre Uhr und ermahnte uns zum Aufbruch. „Deine Mutter wartet, Amit, wir müssen!“

Mir war klar, dass der Pfarrer uns nicht weiterhelfen konnte und wir wirklich losmussten, trotzdem sagte ich ihm noch, vielleicht weil ich ihm ein schlechtes Gewissen machen wollte: „Meine Oma wird nicht zu meiner Bat Mitzwa kommen, so sieht es aus, weil ich nichts über Betty herausgefunden habe!“

Ich glaube, ich tat dem Pfarrer richtig leid, denn er wirkte ganz bedrückt. Aber ich war noch viel bedrückter, denn ich konnte nun meine letzte Hoffnung begraben. Die ganze Suche war umsonst gewesen.

Kapitel 12

Als wir auf dem Weg nach Hause waren, wollte ich weder mit Djamil noch mit Lea sprechen. Aber sie auch nicht mit mir, wie mir schien. Sie saßen zusammen und fachsimpelten über das Gespräch beim Pfarrer, und ich hörte heraus, dass sie mich ziemlich durchgeknallt fanden, wegen Scarlett. Ich hatte gedacht, dass Djamil mich verstehen würde und auch Lea mit ihrem Sechsten Sinn, aber sie verstanden gar nichts! Wie ich mich in ihnen getäuscht hatte! Und wie sich Lea geradezu an Djamil heranschmiss, das war richtig peinlich. Ich sah aus dem Fenster. Wir fuhren an einem kleinen Bahnhof vorbei, und ich musste an Minnie und Kurt und ihre weitere Reise denken.

Ich weiß gar nicht, wie viele Tage vergangen sind. Sind wir schon eine ganze Woche unterwegs? Oder erst ein paar Tage? Aber gerade machen wir Rast in einem Bauernhaus, liebes Tagebuch, und ich möchte Dir aufschreiben, was alles passiert ist: Ich musste mich von dem schönen warmen Spitzenbett von Els verabschie-

den, denn am nächsten Morgen gingen wir mit einem Mann, der genauso rundlich war wie Els, die Bahngleise entlang zu einem Bahnhof. Es war Els' Bruder Roel, und er war nicht besonders gesprächig. Er trug einen Rucksack und einen seltsamen Hut. Wir gingen zum Hintereingang des Bahnhofs, weil wir möglichst wenigen Menschen begegnen sollten. Wir sind ja Juden, deshalb müssen wir so unauffällig sein wie möglich. Ich hatte plötzlich Angst, dass alles schiefgehen würde. Dass Soldaten irgendwo auf uns warteten oder uns mitnehmen würden, wenn sie uns auf der Straße sähen. Roel war sich aber ganz sicher, dass uns nichts passieren würde. Auf einem Nebenplatz sah ich, wie Männer von deutschen Soldaten und belgischen Polizisten zusammengetrieben wurden. Roel sagte, ich sollte nicht so hinsehen, das seien Juden, die vermutlich abtransportiert werden sollten. Aber ich konnte nicht wegsehen. Ihre Frauen und ihre Kinder standen abseits und wollten zu ihnen. Aber sie wurden von den Soldaten zurückgedrängt. Eine Frau versuchte, sich an den Soldaten vorbeizuschlängeln, doch sie wurde festgehalten und abgeführt. Als ein Mann ihr zu Hilfe kommen wollte, wurde er von einem Soldaten mit einem Gewehrkolben niedergeschlagen und weggeschleift. Kurt wandte sich ab und drückte seinen Kopf in meine Seite. Ich dachte nach, über das, was Roel gesagt hatte, nämlich dass es jüdische Männer waren, die sie gefangen genommen hatten, weil sie jüdisch waren. Ich habe Angst! Wenn sie Herrn Myer finden, was werden sie dann mit ihm machen? Er ist doch Vaters bester Freund!

Der Zug, in den wir stiegen, war sehr voll, und das Abteil, in dem wir saßen, war bis auf den letzten Platz besetzt, sodass Kurt und ich uns einen Sitz teilen mussten und Roel neben uns stehen musste, damit er uns nicht verlor. Wie gut, dass Scarlett bei Alma geblieben ist, denn die Mitnahme von Tieren im Zug war strengstens verboten, das stand auf Deutsch und in zwei anderen Sprachen auf Schildern, die im Bahnhof hingen. Und das heißt, wir hätten sie in Belgien zurücklassen müssen! Welch schreckliche Vorstellung! Ach, liebe kleine Scarlett – wie oft ich an dich denken muss! An deine kleine weiße Schnauze mit der pechschwarzen glänzenden Nase, die sich so lustig hin und her bewegt.

Roel hatte uns eingeschärft, nicht zu sprechen, damit keiner merkt, dass wir Deutsche waren. Aber einmal wurde es richtig gefährlich, als der Schaffner ins Abteil kam, und Roel im Stehen eingeschlafen war und der Schaffner uns nach den Fahrkarten fragte. Er sprach Kurt an, der gar nichts verstand, weil es ja Flämisch war, was der Kontrolleur sprach. Du hast wohl keine Fahrkarte, kleiner Mann, he?, hatte der Schaffner durchs Abteil gebrüllt, wie mir Roel später flüsternd erklärte. Davon war Roel jedenfalls aufgewacht und hatte den Schaffner böse angeraunzt. Dieser trollte sich zum Glück und grummelte nur, nachdem Roel unsere Fahrkarten gezeigt hatte.

Der Zug ist durch flaches Land gefahren, das ganz grün ist und nicht so viele Hügel hat, wie bei uns in Franken. Es kam auch lange gar kein Wald. Ich fragte mich, wie wir uns hier ver-

stecken sollten, und hoffte, dass wir bald in eine andere Gegend kämen. Irgendwann fuhr der Zug in einen kleinen Bahnhof ein, und wir mussten aussteigen. Eine junge Frau in Hosen und einer lustigen Jacke mit ganz vielen Blumen darauf, stand auf dem Bahnsteig und wartete auf uns. Roel ging an der Frau vorbei, ohne sie eines Blickes zu würdigen, und er sagte uns auch nicht Auf Wiedersehen. Das musste er so tun, habe ich später verstanden, damit niemand ihn und die Frau miteinander in Verbindung brachte, denn Roel musste ja auch noch anderen Kindern bei der Flucht helfen, und das durfte niemand wissen.

Die junge Frau begrüßte uns und umarmte uns und tat so, als seien wir ihre Kinder. Und obwohl ich die Sprache nicht verstehen konnte, habe ich schnell begriffen, dass ich aber so tun musste, als ob ich sie verstehe. Nur Kurt war irritiert, aber ich erklärte ihm alles, als wir weiter weg vom Bahnhof waren. Jetzt konnte die Frau auch Deutsch sprechen, und sie sagte uns, dass sie Kurt und mich in Sicherheit bringen würde. Sie sei von einer Organisation, die jüdischen Flüchtlingen hilft. Ihren Namen durften wir nicht wissen, damit wir uns nicht verplappern konnten. Wir gingen jetzt einen Feldweg entlang, der an der einen Seite von Bäumen gesäumt war. Die Landschaft gefiel mir. Es wurde schon Herbst und manche Blätter an den Bäumen waren schon gelb und machten so ein freundliches Licht. Der Weg, den wir entlangwanderten, war lang und ging dann in eine breite Allee über, bis wir in der Ferne unser Ziel sahen: ein Haus, das ziemlich einsam an einem Waldrand stand.

Es sah aus wie ein Bauernhaus, und es war auch eines! Es gab Hühner und Enten. Wir bekamen von der Bauersfrau, die leider kein Deutsch konnte, eine warme Suppe. Die junge Frau war plötzlich verschwunden, aber es kamen ein Mann und eine andere Frau ins Haus, die sich uns als Grégoire und Marie vorstellten. Grégoire sah ein bisschen aus wie Vater, und Marie hatte lange braune Zöpfe und ein ansteckendes Lachen. Sie umarmten die Bauersfrau und bedankten sich bei ihr. Sie erklärten uns, dass die Bauersfrau schon vielen geholfen und immer für jeden etwas zu essen hätte. Die Bauersfrau lächelte uns freundlich zu und gab uns noch einen Schlag Suppe. Dann holte sie ein Brot aus dem Schrank und schnitt für alle noch eine Scheibe ab. Grégoire erklärte uns dann, dass Marie und er uns durch einen Wald führen und heimlich über die Grenze nach Frankreich bringen würden. Denn Frankreich sei noch nicht ganz von deutschen Truppen besetzt; es gäbe da noch einen freien Teil. Und von dort aus könnten wir in die Schweiz gelangen, und da wären wir in Sicherheit. Kurt wollte wie immer wissen, ob dort auch Vater und Mutter wären, und Grégoire versuchte, fröhlich zu bleiben, als er sagte, dass sie vielleicht schon da seien, aber dass er das nicht wisse. Er sah dabei Marie an, und ich wusste sofort, dass er Kurt angelogen hatte. Ich weiß ja, dass es Lager gibt, in denen die Juden arbeiten müssen. Ich frage mich nur, was sie mit den Kindern machen, so wie mit meinen Cousins und meiner Cousine, die können ja noch nicht so viel arbeiten, deshalb sind sie für die Deutschen eigentlich nutzlos. Ich wollte den Gedanken aber nicht weiterdenken, und trotzdem konnte ich ihn nicht loswerden. Ich schüttelte mich so sehr, dass Marie rief: Minnie, du siehst ja aus wie ein Baum im Sturm! Und da mussten alle lachen. Ich wollte nichts von meinen Gedanken erzählen und schwieg lieber. Aber dieser dunkle Gedanke ist jetzt immer bei mir, das weiß ich. Den werde ich so schnell nicht wieder los. So, liebes Tagebuch, jetzt muss ich Schluss machen, denn wir müssen los. Wir dürfen keine Zeit verlieren, und deshalb werden wir uns jetzt in der Dunkelheit auf den Weg machen.

Kapitel 13

Als wir wieder in Frankfurt ankamen, fuhr ich mit Djamil nach Hause. Einmal nahm er meine Hand, aber ich zog sie weg. Jetzt, wo Lea nicht mehr dabei war, wollte er wohl nett zu mir sein. Aber nicht mit mir! Sollte er doch zu Lea gehen! Mir war das sowas von egal! Djamil sagte leise zu mir: „Ich muss darüber nachdenken, dass du so gar keine Hoffnung siehst; ich verliere auch manchmal alle Hoffnung, wenn ich an meinen Vater denke. Vielleicht können wir uns in solchen Momenten gegenseitig unterstützen?“

Ich wollte aber von niemandem Unterstützung und schon gar nicht von Djamil. Deshalb entgegnete ich: „Was hat dein Vater mit Betty zu tun? Weißt du eigentlich, was das bedeutet, fliehen zu müssen, seine Eltern zu verlieren?“

Djamil antwortete ganz ruhig, und gerade das brachte mich richtig auf die Palme: „Du weißt das auch nicht, Amit, es ist die Geschichte deiner Großmutter und nicht deine.”

Oh, wie ich Djamil hasste. Wie konnte er nur so etwas sagen! Eigentlich tat es mir schon leid, bevor ich anfing, aber ich konnte mich nicht mehr zusammenreißen. Ich schrie Djamil auf offener Straße an: „Es ist auch meine Geschichte, weil ich zu Omas Geschichte gehöre! Aber wie willst du das verstehen? Bist du jüdisch? Weißt du, was der Holocaust ist? Ich glaube kaum! Du bist ein Moslem! Ein antisemitischer Moslem! Das lernt ihr doch schon in der Schule, dass Israel wegsoll, dass alle Juden wegsollen! Ich hasse dich!"

Ich ließ Djamil stehen. Ich wollte ihn nie wiedersehen! Auch wenn ich weiß, dass ich ungerecht zu ihm war, aber es stimmte einfach, er konnte mich nicht verstehen, weil er ganz anders ist! Sollte er doch weiter mit Lea zusammen sein! Die hatte ja auch keine Oma Minnie, sondern eine große Familie, genau wie Djamil, weil keiner von ihren Familien im Krieg von den Nazis umgebracht worden ist!

Als ich zu Hause ankam, wollte ich mit niemandem sprechen und sofort auf mein Zimmer gehen. Ich musste nachdenken. Aber Mama und Papa warteten schon auf mich und wollten unbedingt mit mir reden. Sie sagten, dass es jetzt mit dem chillen vorbei wäre – es ist ja so peinlich, wenn Erwachsene „chillen" sagen! Ich hörte gar nicht hin und dachte an das Hündchen, das so ausgesehen hatte wie Scarlett, und fragte mich, wie ich es wiederfinden könnte. Papa unterbrach mich in meinen Gedanken und sagte, dass Mama morgen mit zu seinem Vortrag kommen würde und ich auf David aufpassen sollte. Auch sollte ich die Tischkarten vorbereiten und noch ein wenig Thoralesen üben, schließlich wäre meine Bat Mitzwa ja schon in fünf Tagen!

Meine Bat Mitzwa – ich hatte sie ganz vergessen. Und wie sollte ich es schaffen, dass Oma doch noch kam? Das war doch alles viel zu spät. Scarlett! Das war die Idee! Ich dachte darüber nach, dass das kleine Hündchen ja wirklich mit Scarlett verwandt sein könnte, jedenfalls sah es genauso aus! Und wenn es das wirklich wäre, dann würde Oma vielleicht kommen! Ich fand den Gedanken unmöglich, aber irgendetwas war richtig daran, irgendetwas fühlte sich so an, als müsste ich mich auf die Suche nach dem Hündchen machen. Ich versprach Mama und Papa also auf David aufzupassen und dachte mir, dass ich ihn notfalls einfach mitnehme. Wenn Minnie mit Kurt unterwegs war, dann würde ich das ja wohl auch mit David können! Immerhin hatten wir ja keinen Krieg!

Als ich endlich in meinem Zimmer war, schaltete ich meinen Computer an und suchte bei Google nach Hunden in Ermreuth, Züchter in Ermreuth, verlorene Hunde, gesuchte Hunde, weiße Hunde – aber ich fand keinen Hund, der Scarlett ähnlich sah. Ich suchte bei Google Maps nach Orten in der Umgebung von Ermreuth. Und endlich! In einem Ort, der Heroldsberg hieß, fand ich eine Züchterin, eine Frau Seidel! Auf ihrer Homepage waren viele kleine Hunde abgebildet, die alle so ähnlich aussahen wie Scarlett. Dort stand, dass die Hunde Parson Russell Terrier heißen. Manche hatten struppiges Fell, manche glattes, aber sie waren nie ganz so weiß wie Scarlett. Und dann stand da noch: „Flöckchen vermisst. Flöckchen ist weggelaufen, sie ist ein Jahr und zwei Monate alt und etwas scheu. Wenn man sich ihr nähert, kann es sein, dass sie wegläuft. Bitte melden Sie sich, wenn Sie sie gesehen haben." Darunter war ein Foto von Flöckchen. Ich konnte es kaum glauben! Flöckchen war der Hund, den ich gesehen hatte und der genauso aussah wie Scarlett!

Ich musste nach Heroldsberg, koste es, was es wolle! Ich überlegte, Lea und Djamil davon zu erzählen. Aber jetzt? Nach unserem Streit? Ich entschied, dass ich das auch alleine hinbekommen würde, ich brauchte niemanden dazu. Wenn Flöckchen tatsächlich mit Scarlett verwandt war, dann könnte ich Oma Minnie davon erzählen, und dann würde sie vielleicht doch nach Frankfurt kommen, auch wenn ich Betty nicht gefunden hatte. Für mich war klar, dass ich aufbrechen musste. Ich wollte einfach daran glauben, dass Flöckchen mit Scarlett verwandt war. Ich schrieb Frau Seidel eine Mail, dass ich morgen mit meinen Eltern kommen würde, um einen Hund bei ihr zu kaufen. Und ob das am frühen Abend passen würde.

Aber ich bekam keine Nachricht. Da entschied ich, dass ich fahren würde, selbst wenn keine Antwort käme, denn ich hatte keine Zeit mehr zu verlieren.

Ich wollte unbedingt im Tagebuch weiterlesen, aber Papa entdeckte meine Taschenlampe und nahm sie mir weg. Er sagte ziemlich streng, dass es jetzt genug wäre mit Vampirgeschichten, und morgen ein langer Tag werden würde. Immerhin hätte ich die Verantwortung für David übernommen vom Nachmittag bis Mitternacht, und deshalb müsste ich jetzt schlafen. Papa hatte recht. Ich wollte nach Heroldsberg, und dafür musste ich ausgeschlafen sein. Und obwohl ich sehr aufgeregt war, schlief ich wohl ziemlich schnell ein.

Als ich am nächsten Morgen erwachte, war schon die Hölle los. Tante Ruth war da, mit meinem Kleid für die Bat Mitzwa. Ich sollte es anprobieren. Das Kleid steckte noch voller Nadeln am Saum, Tante Ruth konnte nämlich gut nähen und wollte es mir kürzen, weil sie fand, dass das schicker aussah. Mir war völlig schnuppe, was ich anziehen und wie mein Kleid aussehen würde, denn ich hatte Wichtigeres zu tun. Deshalb wollte ich das Ganze schnell über die Bühne bringen. Lea war auch da und regte mich richtig auf. Sie kaute lässig auf einem Kaugummi und mischte sich ein: Das Kleid sollte noch viel kürzer sein. Da meinte David aber, dass man dann meine Knie sehen würde mit den Narben vom Rollschuhfahren, und

Papa wiederum verstand nicht, warum kürzer schicker sein sollte. Schon weil ich Lea nicht recht geben wollte, bestand ich darauf, dass das Kleid so bleiben sollte, wie es war, obwohl ich kürzer auch besser fand. Lea hob nur ihre Augenbrauen. Sie sah so arrogant aus! Und sagte abfällig: „Tja – wer hat, der hat …"

Ich tat so, als hätte ich das nicht gehört und fragte, ob ich das Kleid nun endlich ausziehen dürfte.

Ich war so nervös und dachte an die Zugfahrt und an Flöckchen und dass ich keine Zeit mehr mit dem blöden Kleid verbringen wollte. Tante Ruth meinte zufrieden: „Heute Nachmittag ist es fertig. Noch vier Tage und dann bist du erwachsen, weißt du das, kleine Amit?"

Ja, das wusste ich, und ich konnte es nicht mehr hören. Was sollte das bedeuten, erwachsen sein? Würde ich mich plötzlich anders fühlen? Da hörte ich ein „Pling" auf meinem Computer. Es musste eine Mail eingegangen sein! Bestimmt von Frau Seidel. Doch wie sollte ich die Mail lesen, ohne dass es jemand mitbekam? Lea sah mich herausfordernd an. „Ist wohl 'ne Mail eingegangen für dich …"

Plötzlich fühlte ich mich irgendwie anders, weil ich viel ruhiger war und mich von Lea nicht provozieren ließ, vielleicht fühlte sich ja so Erwachsensein an, und ich sagte: „Mag sein, aber sie muss dich nicht interessieren."

Lea war richtig geschockt, weil ich so noch nie mit ihr gesprochen hatte. Auch alle anderen blickten mich an.

Tanta Ruth runzelte gespielt die Stirn und fragte süffisant: „Zickenkrieg kurz vor der Bat Mitzwa, was hat das denn zu bedeuten?"

„Nichts", antwortete ich betont gelassen, ging in mein Zimmer und schloss die Tür hinter mir ab. Aber ich hatte keine Zeit nachzudenken, was da gerade mit mir passiert war, denn ich hatte wirklich eine Mail von Frau Seidel: Sie bestätigte den Termin heute um 19:00 Uhr! Ich war völlig aus dem Häuschen.

Der Tag ging unendlich langsam vorbei. Ich packte heimlich meinen Rucksack, schmierte Brote, packte eine Wasserflasche ein und wickelte das Tagebuch von Oma Minnie in eine Plastiktüte, damit es geschützt war, falls das Wasser auslief. Man konnte ja nie wissen. Die Briefe von Walter ließ ich lieber in der Schublade, dann konnte ich sie nicht verlieren.

Als Mama und Papa dann endlich gingen, schnappte ich mir David und erklärte ihm, dass wir heute eine kleine Reise machen würden, das wäre eine Überraschung. David sah mich ungläubig an und fragte mich, ob wir das dürften. Ich erklärte ihm, dass wir alles dürften, was uns Spaß macht und dass wir etwas erleben würden, nur wir beide, wie Bruder und Schwester, wie Minnie und Kurt.

„Oma Minnie?", fragte David. Ich nickte und erklärte ihm, dass es sich um Oma Minnies Geheimnis handelte, das wir beide aufdecken würden auf dieser Reise.

Nun war ich also genauso unterwegs mit David, wie es Minnie mit Kurt war! David war ganz stumm vor Staunen, als er mit mir im ICE nach Nürnberg saß. Er legte seine kleine Hand in meine. Ich fühlte mich plötzlich so erwachsen, weil ich nun Verantwortung für David hatte, und als ich David vom Tagebuch von Oma Minnie erzählte und ihm daraus vorlas, wuchsen wir als Geschwister, so schien mir, richtig zusammen.

Weißt Du, wo ich bin, liebes Tagebuch, in FRANKREICH! Ja, ich sitze auf einer französischen Wiese. Aber alles der Reihe nach. Wir durchquerten mit Grégoire und Marie dichte Wälder, in denen so viele Bäume standen, dass es richtig dunkel war, obwohl die Sonne schien. Marie summte immer wieder leise: Eine Reise, die ist lustig, eine Reise, die ist schön …, um Kurt aufzuheitern, aber er war nicht so richtig aufzuheitern, ich glaube, weil er einfach noch so klein ist und nicht weiß, was das alles soll und wo Vater und Mutter sind. Wir stolperten irgendwann mehr, als dass wir gehen konnten. Kurt war so müde, dass Grégoire ihn tragen musste. Dann habe ich mich furchtbar erschrocken, nämlich als wir plötzlich Lichter von Taschenlampen sahen, die durch den Wald leuchteten. Auch Grégoire und Marie bekamen richtig schlimme Angst und flüsterten uns zu, ganz, ganz leise zu sein und uns nicht zu bewegen. Später erklärte mir Grégoire, dass ganz nah von uns deutsche und französische Grenzsoldaten waren, die Leute wie uns suchten und gefangen nahmen und dass wir gerade noch einmal davongekommen seien. Als die Lichter sich entfernten, sagte Grégoire, dass wir uns einen Schlafplatz suchen sollten. Jetzt weiterzugehen sei ihm zu unsicher. Wir wollten auf Tageslicht warten. Kurt und mir war das recht, denn wir waren sehr müde. So viel gegangen waren wir noch nie in unserem Leben! Wenn das Mutter und Vater wüssten! Marie holte Decken aus ihrem Rucksack, und wir wickelten uns hinein und legten uns auf eine Stelle mit weichem Waldboden. Marie hatte sogar für Kurt und mich ein kleines Kissen dabei, damit wir nicht mit unserem Kopf auf dem Boden liegen mussten. Ich dachte an all die Tiere, die nachts kommen könnten: Igel, Käfer, Spinnen. Aber es war alles gar nicht so schlimm. Mit Grégoire und Marie war es ein bisschen so wie in einer richtigen Familie. Kurt hat sich an Grégoire gekuschelt. Ich glaube, Grégoire ist für Kurt so etwas wie ein Vater. Nicht unser Vater natürlich. Und für mich sind wir wie eine kleine Familie, die eine Familie ist, weil alle zusammenhalten müssen. Nur Betty fehlt noch, und Alma und Scarlett, dann wären wir komplett. Und vor allem natürlich Mutter und Vater, aber dafür haben wir ja jetzt Marie und Grégoire. Ihr dürft nicht böse sein, liebe Mutter und lieber Vater, Grégoire und Marie sind ja nicht unsere Eltern, und sie sind kein Ersatz für Euch, aber ohne sie wäre es ganz schlimm. Wenn doch nur der Krieg bald vorbei ist, dann können wir uns endlich alle wiedersehen!

Als wir am nächsten Morgen aufwachten, packten wir schnell unsere Sachen zusammen. Marie hatte ein richtiges Frühstück gemacht! Mit Brot, Marmelade und Tee aus einer Thermoskanne. Grégoire war schon vorgegangen, um zu sehen, ob die Luft rein war. Wir folgten ihm und überquerten das Gleisbett einer Eisenbahn, dann gingen wir hinunter in ein Tal, in dem sich ein Gebirgsbach die Landschaft erobert hatte. Diesen mussten wir durchqueren. Grégoire zog seine Schuhe und Strümpfe aus, nahm Kurt Huckepack und watete los. Marie und ich taten es ihm gleich. Ich war froh, meine Schuhe und meine Strümpfe einmal loszuwerden, und ging Grégoire hinterher. Wie kalt das Wasser war! Trotzdem bin ich einmal fast auf einem glitschigen Stein ausgerutscht, da hat mich Marie zum Glück aufgefangen. Nicht auszudenken, wenn all meine Kleider nass geworden wären! Die Sonne schien freundlich, und Grégoire erlaubte Kurt, noch ganz kurz die Schuhe auszuziehen, damit auch er ein wenig Wasser an seine Füße bekam, denn er war ganz neidisch auf uns, die wir durch den Fluss waten durften. Dann wackelten wir alle noch eine Weile mit unseren Zehen, bis sie trocken waren, zogen uns wieder unsere Strümpfe und Schuhe an und gingen weiter.

Plötzlich rannte Marie los. Grégoire schmunzelte nur, er wusste natürlich, was Marie vorhatte. Und da drehte sich Marie auch schon zu uns um, breitete ihre Arme aus und rief: Frankreich! Wir sind in Frankreich! Ich frage mich, woher sie das wissen konnte. Die Wiese, über die wir gingen, sah aus wie eine Wiese in Belgien oder Deutschland, aber Marie sagte: Es ist Frankreich, weil es ganz französisch duftet! Ich wusste nicht, wie dieses Land riecht, und atmete ganz lange ein und aus. Ich konnte keinen

Unterschied zwischen vorher und nachher feststellen. Dann küssten sich Grégoire und Marie, und wir sahen dabei zu. Obwohl man das ja eigentlich nicht macht. Aber es war so schön zu sehen, wie zwei sich küssen, das machten Vater und Mutter ja auch manchmal! Oh, wie ich sie vermisse!

David drückte sich ganz fest an mich, während der Zug nach Nürnberg durch die Landschaft eilte. Ich dachte daran, dass Minnie damals ja nicht wissen konnte, dass sie Betty wahrscheinlich nie wiedersehen würde. David sah mich an und sagte, dass er froh wäre, dass er Papa und Mama hätte und dass er nie weglaufen würde, auch wenn Krieg wäre. Ach, David – damals mussten Kinder das, sonst wären sie umgebracht worden! Aber das wollte ich ihm nicht sagen; ich wollte nicht, dass David sich fürchtete, und umarmte ihn ganz fest. Es ist schön, einen kleinen Bruder zu haben. Das musste Minnie auch gedacht haben. Denn mit einem Bruder ist man wenigstens nicht so alleine.

Kapitel 14

Es dauerte ganz schön lange, bis wir endlich bei Frau Seidel in Heroldsberg ankamen. Frau Seidel hatte ein Dirndl an, und in dem war ein großer Busen versteckt, sodass sie ganz mütterlich, aber auch lustig aussah, weil der Busen unter der Spitze so hervorlugte wie bei all den Frauen auf dem Oktoberfest in München, bei dem wir schon zweimal waren.

Frau Seidel war etwas überrascht, dass wir ohne Eltern gekommen waren, und David hätte sich fast verplappert, aber da sah er die kleinen Hunde, die im Hof des alten Bauernhofs spielten, und lief zu ihnen. Und so konnte ich Frau Seidel erzählen, ohne dass David es mitbekam, dass unsere Eltern es nicht geschafft hätten mitzukommen, aus beruflichen Gründen, und dass wir uns schon einmal umschauen sollten, welcher Hund uns am besten gefiel.

David wollte gleich alle Hunde behalten. Aber das kannte Frau Seidel schon und lachte und sagte, dass es nur einen treuen Freund geben kann und dass zwei kleine Hunde im gleichen Alter wie Zwillinge sind, die sich dann mehr mit sich selbst beschäftigen würden, und dann hätte David gar keinen Hund mehr für sich. Das leuchtete David ein.

Er wollte sich daher jeden der Hunde ganz genau ansehen, während ich mit Frau Seidel über Flöckchen redete und erzählte, dass Flöckchen für mich Liebe auf den ersten Blick gewesen war. Aber ich wollte natürlich mehr wissen und fragte Frau Seidel deshalb, woher Flöckchen eigentlich stammte, wer sozusagen ihre Familie war. Frau Seidel ging mit mir ins Wohnzimmer und zeigte auf eine Wand, an der viele gerahmte Bilder hingen; eine Ahnengalerie von Hunden, Urkunden und Pokalen. Sie deutete auf ein sehr altes Foto mit einer Frau, die einen kleinen weißen Hund hochhielt. Diese Frau war ihre Großmutter, und der Hund, den sie hochhielt, war der erste Parson Russell Terrier, mit dem die Hundezucht begann. Dieser Hund, eine Hündin, um genau zu sein, war ihr in Pflege gegeben, aber nie wieder abgeholt worden. Von wem die Großmutter den Hund bekommen hatte, wusste Frau Seidel leider nicht, doch ich war mir so sicher wie nur was, dass es sich um Scarlett handeln musste. Aber einen Beweis gab es natürlich nicht. Frau Seidel sprach weiter und sagte: „Dies ist die – ich weiß gar nicht wievielte – Uroma von Flöckchen, und die war genauso weiß wie Flöckchen, das siehst du ja.“

Ich hatte genug gehört und wusste, was zu tun war: Ich musste Flöckchen finden, denn keiner der Hunde von Frau Seidel sah Scarlett so ähnlich wie Flöckchen. Und Flöckchen war der Schlüssel zu Oma Minnies Reise nach Frankfurt! Ich fragte Frau Seidel, ob Flöckchen zu verkaufen wäre, denn sie wäre für mich ein ganz besonderer Hund. Frau Seidel lächelte: „Ja, das ist sie. Aber keiner möchte sie, weil sie ganz weiß ist. Ich glaube aber sie sucht ein neues Zuhause, denn sonst würde sie ja nicht immer weglaufen."

David wusste inzwischen auch, dass Flöckchen Scarlett so ähnlich war, und deshalb wollte auch er auf Flöckchen warten. Frau Seidel seufzte: „Nun ja, Flöckchen muss nur wieder zurückkommen, dann soll sie euch gehören, wenn eure Eltern damit einverstanden sind."

Wir verabschiedeten uns von Frau Seidel und versprachen, gleich morgen wiederzukommen.

David rief glücklich: „Bald zieht Flöckchen bei uns ein! Ui, ich freu mich!" Ich glaube, dass es Davids Worte waren, die mich auf eine Idee brachten. Ich überlegte nicht lange, sondern stieg mit David in den Bus auf der gegenüberliegenden Straßenseite. Ich wollte nicht zurück nach Frankfurt, stattdessen wollte ich Flöckchen in Ermreuth finden. Es war mir klar, dass es langsam spät wurde und David noch klein war und nicht so viel Ausdauer hatte wie ich, aber trotzdem: Es ging jetzt um Oma Minnie, nicht um mich und David, das musste er verstehen! Ich wusste allerdings, dass ich das eigentlich nicht durfte, David in das alles mit hineinzuziehen, aber er wollte ja auch, dass wir Flöckchen fänden, deshalb gab es für mich kein Zurück mehr.

Abends wurde es jetzt schon kalt, es war ja Anfang September und manche Blätter an den Bäumen wurden schon gelb. Das war immer das Zeichen, dass es nicht mehr lange dauerte, bis ich wieder diese blöden Strumpfhosen anziehen musste. Aber jetzt spürte ich keine Kälte und keinen Durst und keinen Hunger – ich wollte bloß Flöckchen finden! Als wir in Ermreuth ausstiegen, hatte ich ziemliche Gewissensbisse, denn es war weit und breit kein Mensch zu sehen. Und von Flöckchen natürlich auch keine Spur. David wollte nach Hause und keinen Schritt mehr weiterlaufen. Ich zog ihn einfach hinter mir her.

Und als hätte ich es vorab geahnt, tauchte etwas Weißes am Waldrand auf. Ich konnte es nicht glauben und vergaß, dass ich ja nicht auf Flöckchen zulaufen sollte, und tat genau das. Dabei rief ich aufgeregt: „David! Guck mal! Da ist sie!“ Natürlich lief Flöckchen sofort in den Wald zurück. David konnte nicht so schnell laufen, deshalb machten wir aus, dass er auf mich warten sollte, während ich ganz schnell Flöckchen einfangen wollte. Ich hatte ein ungutes Gefühl, David alleine stehen zu lassen, aber es ging nicht anders, er musste jetzt tapfer sein. Ich nahm ihn in den Arm und sagte eindringlich: „Warte hier, ich hol Flöckchen, dann nehmen wir sie gleich mit nach Hause, ja? Nicht weglaufen, hast du mich verstanden?!"

David nickte, aber ich war unentschlossen. Trotzdem entschied ich mich, Flöckchen hinterherzulaufen. Ich lief so schnell ich konnte, und am Waldrand angekommen, sah ich Flöckchen hinter ein paar Bäumen sitzen. Ich ging vorsichtig auf sie zu. Sie schien so erschöpft zu sein, dass sie still sitzen blieb. Doch als ich sie fast erreicht hatte, lief sie weiter in den Wald hinein. Was sollte ich jetzt tun? Flöckchen nachlaufen oder zurück zu David gehen? Ich rief ganz laut in Richtung David: „Beweg dich nicht von der Stelle!" Und hoffte, dass er mich hörte.

Dann lief ich in den Wald – immer Flöckchen hinterher. Nach einer Weile schien sie ziemlich erschöpft zu sein, denn sie versteckte sich in einem hohlen Baum. Ich blieb ganz ruhig und flüsterte: „Komm Flöckchen, du brauchst keine Angst haben ... ich nehme dich mit zu uns nach Hause. Komm, ja komm schon ... Oma Minnie wird sich so freuen!" Als ob Flöckchen mich verstanden hätte, kam sie herausgekrochen und lies sich von mir am Halsband festhalten. Mit der Schnur meiner Kapuzenjacke nahm ich Flöckchen an die Leine. Ich rannte mit ihr zurück zu David. Mein Herz klopfte ganz laut. Ich hatte Flöckchen gefunden, die Ur- Ur-Urenkelin von Scarlett, oder so ähnlich! Vor Freude nahm ich Flöckchen auf meinen Arm, und sie leckte mir einmal übers ganze Gesicht. Ich flüsterte ihr zu: „Ach, Flöckchen, wenn ich schon nicht Betty finden kann, dann wenigstens dich. Vielleicht kommt Oma Minnie, wenn sie von dir hört! Du siehst wirklich aus wie Scarlett!"

Ich dachte an David und wie er sich freuen würde, dass ich Flöckchen gefunden hatte, doch als ich zu der Stelle kam, an der ich David zurückgelassen hatte, war er weg! Ich bekam einen solchen Schreck, dass ich anfing, am ganzen Körper zu zittern. David! Kleiner David! Ich rief nach ihm, rannte zur Bushaltestelle – dort war er nicht –, rannte wieder hoch Richtung Wald. Er war nirgends zu sehen, und es war inzwischen fast dunkel geworden. Nirgendwo brannten Lichter! Ich konnte kaum atmen, und meine Beine waren wie Gummi. Wenn David etwas passiert war! Wenn ihn jemand gekidnappt hatte! Ich würde nie wieder froh werden! Flöckchen schnupperte plötzlich, so als hätte sie eine Spur aufgenommen. Sie zog mich Richtung Wald.

„Du kennst David doch gar nicht", rief ich ihr zu, aber ich ließ mich von ihr in den Wald ziehen. Vielleicht hatte sie David ja wirklich gerochen, und es war ein Zeichen! Ich versuchte, einen klaren Gedanken zu fassen und überlegte, dass David mir vielleicht nachgelaufen war, weil er Angst hatte, so ganz alleine. Noch hatte ich Zeit. In einer halben Stunde erst mussten wir den Bus nehmen, um noch vor 12 Uhr nachts zu Hause zu sein. Aber ob ich das schaffen würde? Ich rief nach David, ich schrie nach David, aber er antwortete nicht. Da klingelte mein Handy. Es war Lea. Aber ich ging nicht ran, weil ich Angst bekam, dass sie mich verpetzen würde. Und dann rief Djamil an, wahrscheinlich hatte Lea ihn angerufen. Ich war hin- und hergerissen, aber dann nahm ich doch ab, weil ich daran dachte, wie er meine Hand genommen hatte. Djamils Stimme klang unsicher. Er entschuldigte sich bei mir, weil er verstanden hatte, dass Oma Minnies Geschichte eben doch auch meine Geschichte ist, so wie die Geschichte seiner Großeltern auch die seine ist.

Dann fing ich an zu schluchzen und erzählte, dass ich Flöckchen gefunden hatte, dass aber David verschwunden wäre und dass ich ihn jetzt im Wald suchen müsste, weil ich dachte, er wäre mir hinterhergelaufen und hätte sich nun verirrt.

Ich fragte Djamil, ob er glaubte, dass jemand David entführt haben könnte. „Nein“, antwortete er, „David hatte einfach nur Angst, trau deinem ersten Instinkt, er ist dir nachgelaufen!“ Wir machten aus, dass ich ihn anrufen würde, sowie ich David gefunden hätte. Ich war Djamil dankbar. Ich wusste, dass ich ihm gegenüber ungerecht gewesen war, aber dass er mir verziehen hatte! Ich würde ihm sagen, dass ich ihn sehr mag, und wie es sich angefühlt hat, als ich gegangen bin nach unserem Streit. Aber jetzt wusste ich, dass Djamil Gefühle versteht. Und selbst wenn er in Lea verliebt war, sollte er es wissen. Denn schließlich stimmte es ja. Also wollte ich das Risiko eingehen.

Flöckchen zog mich immer weiter in den dunklen Wald. Ich musste an Minnie denken, wie viel Angst sie gehabt haben muss im Dunkeln, auch wenn sie nicht alleine war. Ich rief immer wieder nach David. Die Bäume ragten schwarz in den Himmel und sahen aus wie Teufelsgestalten, die nach mir greifen wollten, weil ich David allein gelassen hatte.

Ich schüttelte mich, so wie Minnie, um den Gedanken loszuwerden. Und das gelang mir auch! Die Bäume sahen nun wieder aus wie Bäume. Zu allem Überfluss fing es dann auch noch an zu regnen. Ich stolperte mehr durch den Wald, als dass ich ging. Und Flöckchen zog unaufhörlich an der Schnur. Sie schien genau zu wissen, wohin sie lief. Inzwischen war es so dunkel, dass ich kaum etwas erkennen konnte.

Plötzlich hörte ich eine Stimme: „Amit!"

Es war Davids Stimme! Und da sah ich ihn auch schon. Er hockte völlig erschöpft und verängstigt auf den Wurzeln eines Baumes und weinte. Er hatte Angst gehabt und mir nachgehen wollen, hatte sich dann aber verlaufen. Ich tröstete ihn und war so froh, dass ich ihn wiedergefunden hatte. Seine Hose war ganz nass, wie die von Kurt. Ach, kleiner Bruder! Minnie hat alles so gut aufgeschrieben, dass ich genau weiß, wie es dir geht! Ich stellte David zuerst einmal ganz feierlich Flöckchen vor: „Flöckchen Goldstein, ab jetzt Mitglied unserer Familie!“ David schien über Flöckchen allen Kummer zu vergessen und streichelte sie ganz vorsichtig. Flöckchen schien das richtig zu genießen. Ich schlüpfte aus meinen Leggings, zog David die nasse Hose aus und ihm meine Leggings an. Mit einem Button von meinem Rucksack, auf dem Peace steht, machte ich die Leggings enger, damit sie an David nicht hinunterrutschte. Jetzt hatte ich nur noch mein langes T-Shirt an, das zum Glück wie ein Kleid aussieht, doch meine Beine waren ganz nackt, und ich fing an zu frieren. Ich biss die Zähne zusammen, denn David sollte es warm haben.

Es regnete nun richtig, und die Tropfen wurden immer dichter. Wir drückten uns ganz eng an den Baumstamm. Flöckchen in der Mitte. Ich holte die Brote, die ich geschmiert hatte, aus meinem Rucksack. Sie schmeckten richtig gut! Ich gab auch Flöckchen etwas ab. Es fühlte sich so an, als wären wir mit Marie und Grégoire auf der Flucht durch den Wald, nur dass Marie und Grégoire nicht bei uns waren und wir uns alleine durchschlagen mussten. David drückte sich ganz dicht an mich und flüsterte leise: „Du, Amit … ich habe auch eine Pubertät, so wie du …“

„Eine Pubertät?!“ Ich musste lachen und daran denken, was Mama David erklärt hatte.

Doch David fand das gar nicht komisch, ja, er wurde richtig sauer, weil er dachte, dass ich mich über ihn lustig machte. „Das hat Mama gesagt, dass du Gefühle hast und nicht weißt, wohin du mit denen sollst, und ich hab jetzt solche Angst und weiß gar nicht, was mit mir ist und wohin die soll!“

Ich habe David fest in meine Arme genommen und ihm gesagt, dass ich ihn ganz liebhabe und froh bin, dass es ihn gibt, und dass ich ihn beschützen werde. Komisch, wir mussten erst einmal in so eine Lage kommen, so aufeinander angewiesen sein, damit ich merkte, wie lieb ich David hatte.

Ich wollte Djamil anrufen und ihm sagen, dass ich David gefunden hatte, aber dann sah ich, dass ich nur noch ganz wenig Akku hatte. Deshalb simste ich Djamil kurz, dass ich mit David jetzt nach Hause käme. Dann ging mein Akku aus. Auch das noch! Gerade jetzt, wo ich mein Handy so dringend brauchte!

David und Flöckchen und ich machten uns auf den Weg. Ich nahm David an die Hand. Er hatte Mut geschöpft und war nun nicht mehr so müde. Ich dachte an Minnie und Kurt, die auch zusammen durch den Wald gegangen waren …

Kapitel 15

Wir machen gerade eine kurze Pause, liebes Tagebuch. Es regnet, und wir sind ziemlich durchgefroren, und es ist noch lange kein Ziel in Sicht. Auf unserer Reise, ich will sie mal Reise nennen und nicht Flucht, damit es sich besser anfühlt, haben uns Marie und Grégoire vor zwei Tagen, oder ist es schon länger her, ich habe gar kein Zeitgefühl, zu einem einsamen Heuschober gebracht. Dort wurden wir von einer jungen Frau erwartet. Marie und Grégoire umarmten sie zur Begrüßung. Es handelte sich um Maries Schwester Emilia, wie sich später herausstellte. Sie trug eine Militärhose, hatte raspelkurze Haare, und ich dachte wirklich, sie sei ein Mann! Emilia hat laut und herzlich gelacht, als sie Kurt und meine Blicke sah: Na, ihr Tapferen! Nein, ich bin kein Junge, ich habe nur kurze Haare! Und ich kleide mich wie ein Mann, das ist praktischer für meine Belange. Marie unterbrach ihre Schwester und sagte schnell zu uns: Hier trennen sich unsere Wege. Grégoire wird mit Emilia noch bis kurz vor der Schweizer Grenze mitkommen, bis zum Örtchen Chapelle-des-Bois. Die letzten Kilometer über den Berg durch den Forêt du Risoux geht ihr dann alleine mit Emilia. Sie kennt sich aus und ist den Pfad, der in den Fels gehauen ist, schon öfter gelaufen. Der Weg ist schmal

und leicht einsehbar. Je weniger Menschen dort entlanggehen, desto besser.
Grégoire wollte wie immer sofort weiter. Der Bus würde in wenigen Minuten abfahren, und wenn wir den verpassten, könnten wir erst morgen weiter, erklärte er. Marie und Grégoire umarmten sich ganz fest. Ich musste schlucken. Nun hatten wir wieder keine Familie mehr. Marie umarmte auch uns und sagte: Wenn der furchtbare Krieg endlich vorbei ist, dann treffen wir uns alle wieder und machen ein großes Fest!
Ich wollte nicht weinen, weil ja Kurt schon weinte. Und ich konnte ihn verstehen, all diese Abschiede, wenn man sich gerade mal an die Menschen gewöhnt hatte. Deshalb riss ich mich zusammen und tröstete Kurt. Ich drückte Marie. Ich hatte sie wirklich liebgewonnen und winkte ihr dann noch lange nach, aber Kurt wollte sich nicht mehr umdrehen, er wollte das alles nicht mehr sehen und versteckte sich in sich selbst, sodass er ganz stumm und still wurde. Der Weg zum Bus war zum Glück kurz. Und im Bus taute Kurt wieder auf. Dieser ruckelte durch die Landschaft. Später stiegen wir dann in einen Zug um. Der fuhr durch ganz Frankreich. Nicht laufen zu müssen war so schön! Kurt schlief die meiste Zeit neben mir, und ich machte mir Sorgen, ob er das alles schaffte, weil er jetzt immer so müde war. Nach einer langen Fahrt und ein paar Mal Umsteigen und Warten – ich glaube, wir waren zwei Tage und zwei Nächte unterwegs – fanden wir uns, als es schon dunkel wurde, auf einem Bahnsteig wieder. Emilia zeigte auf eine Bergkette in der Ferne, die mit Schnee bedeckt war.

Die war mächtig hoch, aber noch ganz weit entfernt. Sie erklärte uns, dass dahinter die Schweiz sei, unser Ziel, wo wir frei sein würden. Da könnte uns niemand mehr etwas anhaben. Wir würden allerdings drei Tage bis dorthin brauchen. Kurt wurde ganz blass und klagte, dass er gar nicht mehr gehen könnte, seine Beine seien wie Gummi. Emilia sah ihn besorgt an, aber Grégoire rief betont fröhlich: Wozu habe ich starke Arme? He? Genau! Damit sie dich tragen können!

Grégoire nahm Kurt dann tatsächlich Huckepack. Wir liefen an Bahngleisen entlang. Ein Zug mit großen roten Kreuzen auf den Türen ratterte vorbei. Lauter Männer mit Verbänden am Kopf oder an den Armen winkten uns zu. Emilia erklärte mir, dass der Krieg schlimm sei und es schon so viele Soldaten gäbe, die verwundet seien. Sie sagte, die Soldaten seien nur Kanonenfutter und würden sinnlos verbraucht. So viele Mütter warteten darauf, dass ihre Männer und Söhne wieder nach Hause kämen!

In der Nacht erreichten wir einen Bauernhof. Aus dem Schornstein stieg Rauch auf. Emilia ging vor, wir sollten warten. Ich sah, wie eine Frau aus dem Haus kam. Sie redete aufgeregt mit Emilia. Dann winkte Emilia uns zu: wir könnten kommen. Es war so schön warm in dem Haus! Kurt legte sich gleich auf eine Bank am Kachelofen und schlief sofort ein. Die Bäuerin deckte Kurt mit einer Decke zu und blickte besorgt. Sie legte ihre Hand auf seine Stirn und schüttelte den Kopf. Ich beobachtete sie ängstlich. Die Bäuerin schien sich Sorgen zu machen. Emilia fragte mich, ob ich noch laufen könne? Ich nickte, obwohl ich eigentlich gar nicht mehr konnte. Alles tat mir weh. Aber Emilia erzählte dann, dass sie gerade erfahren habe, dass hier deutsche Soldaten aufgetaucht seien. Es hat sich herumgesprochen, sagte sie, dass Grégoire und Marie und ich und noch ein paar Freunde von uns jüdische Kinder über die Grenze bringen. Wir können ab jetzt nur noch nachts gehen, um nicht gesehen zu werden! Doch die Bäuerin sagte streng und in gutem Deutsch: Ihr könnt gar nicht mehr gehen! Nicht mit dem Jungen hier, der hat Fieber! Emilia und Grégoire beratschlagten sich mit der Bäuerin, während ich ein dickes Stück Brot und eine heiße Suppe bekam, die nach Kartoffeln und Rüben schmeckte, so wie bei Alma manchmal. Ich vergaß plötzlich alles um mich herum, weil die Suppe so nach Heimat schmeckte! Ich wollte Kurt davon erzählen, ihm etwas anbieten, doch er war gar nicht wach zu bekommen, und ich machte mir nun auch richtige Sorgen um ihn, so wie die Bäuerin. Ich hielt Kurts heiße kleine Hand und drückte sie ganz fest. Wenn er doch bloß nicht so heiß wäre! Ich weiß, wie gefährlich Fieber sein kann! Emilia entschied, dass Kurt nicht bei der Bäuerin bleiben konnte, genauso wenig wie ich. Und ich hörte, wie sie mit der Bäuerin flüsterte, dass wenn sie uns fänden, sie uns einfach erschießen könnten und die Bäuerin noch mit. Ach, hätte ich das lieber nicht gehört! Denn nun bekam auch ich wieder entsetzliche Angst.

Grégoire beschloss, Kurt weiterhin zu tragen, und sagte: Dieses kleine Federgewicht werde ich doch auf jeden Fall tragen können! Ist doch mein Freund, der kleine Kurt. Grégoire nahm den schlafenden Kurt auf den Arm, und wir brachen auf. Stumm gingen wir durch den Regen. Der Regen machte alles beschwerlich, die Wege waren glitschig, wir waren schon bald bis auf die Haut nass und fingen an zu frieren.

David und mir erging es ein bisschen so wie Minnie und Kurt. Wir waren völlig durchnässt und uns war kalt. Aber es hatte immerhin aufgehört zu regnen. Ich versuchte, mich zu orientieren. Wir liefen zwar bergab, aber es waren nirgends Lichter zu sehen. Manchmal liefen wir auch wieder bergauf, weil Brombeerhecken uns den Weg versperrten. Mir wurde langsam klar, dass wir uns verlaufen hatten. Plötzlich zuckte ein Blitz durch die Bäume, dann donnerte es. David und Flöckchen blieben stehen.

David zitterte am ganzen Körper. Er hatte vor Gewittern schreckliche Angst. Zu Hause legte er sich immer unters Bett, und Mama musste sich davorlegen. Aber hier gab es weit und breit keinen Unterschlupf! Mir schien, dass auch Flöckchen das Gewitter unheimlich war. Plötzlich ragten im Schein eines Blitzes vor uns Grabsteine empor. Als wir näherkamen, entdeckten wir, dass es sich um jüdische Grabsteine handelte! Ich versuchte, die Inschriften auf den Grabsteinen zu entziffern, und David war voller Ehrfurcht, dass ich hebräische Schriftzeichen lesen konnte. Er meinte ganz glücklich, dass es jetzt bestimmt irgendwo ein Schild geben müsste, das uns die Richtung nach Ermreuth anzeigte. Doch es war weit und breit kein

Schild zu sehen. Zu allem Überfluss blitzte es jetzt auch noch in immer kürzeren Abständen, und der Donner kam immer schneller hinterher. Was hatte ich nur angerichtet! Ich müsste Mama und Papa anrufen, aber wie denn ohne Handy? Was werden sie bloß denken, wenn sie nach Hause kommen? Sie werden furchtbare Angst bekommen, das hatte ich nicht gewollt! Das Gewitter kam immer näher. Plötzlich schlug ganz in der Nähe ein Blitz ein, und da passierte es: Flöckchen riss sich los!

„Flöckchen!", schrie ich, doch sie nahm panisch Reißaus. Ich zog David an der Hand hinter mir her. Wir wateten durch einen kleinen Bach, immer Flöckchen auf der Spur. Wir sahen wie sie in einer Öffnung, die aussah wie ein riesiger Schlund, verschwand.

„Eine Höhle, da sind wir in Sicherheit!", rief ich aus. Wir gingen auf die dunkle Öffnung zu. Es war in der Tat eine Höhle, und dort saß Flöckchen und putzte sich, als wäre nichts gewesen! Ich war so froh und dankbar, sie zu sehen, dass es mir egal war, ob sie ein Zeichen, ein Wunder oder sonst etwas war. David und ich flüchteten uns vor dem Regen zu Flöckchen in die Höhle. In der Höhle war es trocken, aber im Eingangsbereich war eine Mulde mit einer Pfütze. Flöckchen flüchtete vor dem ansteigenden Wasser weiter ins Innere der Höhle. Draußen blitzte es. Langsam stieg das Wasser im Eingang zur Höhle. Aus der Pfütze am Eingang war längst ein kleiner See geworden. Wir mussten Flöckchen folgen und uns weiter in die Höhle zurückziehen. Flöckchen zeigte uns den Weg. Da sie so weiß war, konnten wir sie trotz der Dunkelheit immer erkennen. Irgendwann hatten wir wohl den höchsten Punkt der Höhle erreicht. Flöckchen hatte sich beruhigt und drückte sich an David und mich. Doch das Wasser stieg nicht nur am Höhleneingang, sondern inzwischen auch in der Höhle selbst. Ich musste an das denken, was ich zuletzt in Minnies Tagebuch gelesen hatte, denn ich war jetzt genauso durchnässt, wie Minnie damals, und es war Nacht, und es gab keinen Ausweg, nur Mut und die Flucht nach vorne. Es war, als vermischten sich Minnies und meine Geschichte!

Als es hell wurde, versteckten wir uns in einer Felshöhle. Daneben befand sich ein kleiner Heustadel. Grégoire sagte, dass Emilia von hier aus eigentlich alleine mit uns weitergehen sollte. Aber das ginge ja nun nicht, weil Kurt krank war und Emilia ihn nicht den ganzen Weg tragen konnte. Doch Emilia sagte, dass sie es versuchen musste, weil es gar nicht anders ging, denn Grégoire musste eine Familie mit drei Kindern im Wald abholen, die auch über die Grenze gebracht werden sollten. Und Emilia wusste nicht, wie sie die Familie finden konnte, da nur Grégoire den Weg kannte.

Grégoire verabschiedete sich von uns, und ich sah ihm noch lange nach. Kurt schlief und war gar nicht mehr wach zu be-

kommen. Er hustete und sprach im Schlaf, rief immer wieder nach Mutter und Vater. Emilia hatte in dem Stadel eine Heukiepe entdeckt, die groß genug war, dass Kurt hineinpasste, sodass Emilia ihn auf dem Rücken tragen konnte. Als es wieder dunkel geworden war, hoben wir Kurt in die Kiepe, und ich half Emilia, sich die Heukiepe aufzusetzen. Kurt sah so schmächtig aus, so klein und blass und dünn, dass ich fürchtete, er könnte sterben. Aber es blieb keine Zeit für solche Gedanken, denn wir zogen schon wieder los. Es regnete in Strömen, und es war kalt. Ich trug den schweren Rucksack von Emilia auf dem Rücken und meinen eigenen Rucksack in der Hand. Die Wege wurden immer steiler, immer beschwerlicher. Ich biss die Zähne zusammen, um für Kurt ein gutes Vorbild zu sein. Doch Kurt bekam gar nichts mit. Müde hingen seine Glieder in der Heukiepe. Emilia schleppte Kurt mühsam die steilen Bergpfade hoch. Ich bewunderte sie, denn Emilia war klein und zierlich.

An einer alten Hütte machten wir endlich Rast. Ich konnte nicht mehr, mir tat alles weh. Und Kurt war nicht mehr ansprechbar. Ich schüttelte ihn und rief: Kurt! Wach auf! Aber er reagierte gar nicht mehr. Kurt war so weiß wie eine Wand und so heiß wie ein Ofen. Ich legte mich neben ihn und schlief erschöpft ein. Emilia hielt Wache.

Das Wasser in der Höhle stieg weiter. David hatte große Angst. Ich hörte mich sagen, obwohl ich es selbst nicht glaubte: „Hab keine Angst. Irgendwann muss der Regen aufhören. Und zur Not nehme ich dich Huckepack.“ Flöckchen hatte sich auf meinen Schoß gesetzt, auch ihr schien das alles unheimlich zu sein. Die Dunkelheit, das Wasser, die Kälte. Ich weiß nicht, wie viele Stunden wir dagesessen haben, aber mir kam es wie drei Tage vor. Ich war vollkommen durchnässt, meine Beine waren eiskalt und ich fror. David war zwischenzeitlich immer mal wieder eingeschlafen, und ich sah nur, dass das Wasser, immer weiter stieg und dachte an Minnies Mut, nicht aufzugeben. Plötzlich sah ich einen Schimmer Licht. Es wurde hell! Du meine Güte! Papa und Mama würden krank vor Sorge sein!

Ich setzte meinen Rucksack falschrum auf, und zog ihn so hoch, dass er vor meiner Brust hing. Zum Glück hatte ich das Tagebuch von Minnie in Plastik eingewickelt, damit es nicht nass werden konnte, so als ob ich es geahnt hätte! Ich rutschte vorsichtig ins Wasser. Wie kalt das war! Wie Eiswasser! Aber ich hatte noch immer Boden unter den Füßen. Ich sah David ernst an und sagte: „Pass auf. Wir müssen durch das Wasser gehen – bis zum Ausgang. Wenn du nicht mehr stehen kannst, dann nehme ich dich Huckepack, aber du darfst mich nie loslassen, hörst du?“

David traute sich nicht. Er bewegte sich nicht von der Stelle! Ich ging einfach ein Stück weiter ins Wasser, was sollte ich auch machen! David schrie und fuchtelte mit den Armen. Aber Flöckchen folgte mir, schwamm neben mir her und hatte offensichtlich ihren Spaß daran. Dann folgte David doch. Weinend und schreiend. Wie das in der Höhle klang! So laut und eindringlich, dass ich mir die Ohren zuhalten musste. Dann klammerte sich David ganz fest an mich. Er krabbelte auf meinen Rücken, doch ich konnte ihn nicht halten, verlor das Gleichgewicht und kippte nach hinten. David fiel ins Wasser und tauchte fast ganz unter. Ich packte ihn an seiner Kapuze und versuchte, ihn hochzuziehen. Doch er schlug voller Panik wild um sich und traf mich mitten ins Gesicht. Ich ließ ihn vor Schreck los, und er versank wieder. Ich versuchte, ihn wieder zu fassen und griff ins Leere. Irgendwann hatte ich seine Kapuze dann doch erwischt und zog ihn nach oben. Er wirkte leblos, wie tot! Ich schüttelte ihn, so gut es im Wasser ging, aber nichts passierte.

Ich weiß nicht, wie ich es aus der Höhle hinausgeschafft habe, aber irgendwann waren wir auf einer Wiese, und David fing an zu husten und Wasser zu spucken. Dem Himmel sei Dank! Er lebte! Aber er war ganz bleich und hatte die Augen geschlossen. Flöckchen blickte ihn fortwährend an, so als wäre es eine ganz besondere Situation. Da dachte ich an den letzten Eintrag in Minnies Tagebuch, den ich gelesen hatte, und bekam eine Riesenangst.

Als ich am nächsten Morgen aufwachte, war Kurt ganz kalt, und er hatte schrecklich blaue Lippen. Ich schüttelte ihn und schrie, er möge wieder aufwachen. Emilia nahm mich ganz fest in den Arm, so fest, dass es schmerzte, und sagte: Kurt ist tot, kleine Minnie, es tut mir so schrecklich leid!
Ich fühlte nichts, stattdessen tat sich in mir eine Steinwüste auf mit dunklen Grotten und schrecklichen Bildern, mit Schlangen und Ungeheuern, die ich abschütteln wollte. Aber es gelang mir nicht. Was sollte ich denn jetzt Vater und Mutter sagen! Dass ich nicht auf Kurt aufgepasst hatte? Dass ich ihn hatte krank werden lassen? Und Betty und Alma und Scarlett! Was sollte ich denen denn sagen? Emilia hielt mich weiter ganz fest in ihren Armen. Und dann musste ich weinen, wie ich noch nie geweint habe, es war, als würde ich mich auflösen. Emilia und ich weinten und konnten gar nicht mehr aufhören. Wir sind lange so dagestanden. Und haben uns aneinander festgehalten.
Irgendwann hat Emilia Kurt in eine Decke gewickelt. In der Hütte stand ein alter Spaten herum, und mit dem haben wir ein Loch gegraben und Kurt in das Erdloch hineingelegt. Danach haben wir Erde über die Decke geworfen, bis das Loch wieder verschlossen war. Mit jeder Handvoll Erde habe ich an Mutter und Vater und Scarlett und Betty und Alma gedacht und mich an meinen Geburtstagskuchen erinnert, den Kurt und ich gemeinsam gegessen und bei jedem Bissen an unsere Familie gedacht haben. Und jetzt ist alles nur noch leer und einsam. Mein kleiner lieber Kurt! Ich suchte einen Stein für Kurt, um ihn auf sein

Grab zu legen. Aber ich fand keinen. Da erinnerte ich mich an das Säckchen mit den Steinen. Ich brauchte kein Geld mehr, für niemanden, und ich wollte schon gar nichts tauschen, was uns Mutter und Vater geschenkt hatten. Und so nahm ich einen der Steine aus dem Säckchen und drückte ihn ganz tief in die frische Erde von Kurts Grab – auch wenn man das so nicht macht. Aber es beruhigte mich in meiner Trauer, dass Kurt nun etwas von Mutter und Vater bei sich hatte. Liebes Tagebuch, ich weiß nicht mehr ein noch aus. Nichts kann mich mehr trösten.

Irgendwann sind wir weitergegangen, aber ich erinnere mich an gar nichts mehr. Ich bin einfach hinter Emilia hergelaufen. Es war wie in einem dunklen Traum, in dem es keinen Anfang und kein Ende gibt.

Kapitel 16

David war ganz bleich! Ich nahm ihn fest in meine Arme und sagte: „Nicht sterben, David! Nicht wie Kurt! Du bist nicht Kurt … hörst du?“

Da machte David die Augen auf und fing an, vor Kälte zu zittern. Flöckchen legte sich neben ihn, aber das half nichts, denn sie war ja selbst noch ganz nass. Ich blickte mich um. Hinter mir war die Höhle, das Wasser wurde schon weniger, und um uns herum waren Bäume über Bäume. Aber es gab auch eine kleine Lichtung, und am Ende dieser Lichtung entdeckte ich ein großes Gemäuer. Ich war so froh, dass ich nicht bergauf steigen musste, so wie Minnie, nahm David Huckepack und ging langsam auf das Gebäude zu. David durfte nicht sterben, so wie Kurt! Er brauchte ganz dringend Hilfe! Flöckchen lief nebenher. Ich musste aufpassen, dass ich nicht stolperte, und als ich endlich bei dem Gemäuer angekommen war, war ich so erschöpft, dass ich nur noch mit letzter Kraft an das große Tor klopfen konnte, denn ich fand keine Klingel. Ich klopfte und klopfte, aber keiner machte auf.

Ich rief ganz laut: „Hilfe!“, da bewegte sich plötzlich das Tor, und eine Frau in Nonnentracht öffnete uns. Sie war wohl richtig erschrocken, als sie uns sah, und rief nach hinten in den Gang hinein: „Schwester Christa, Schwester Marianne! Es sind die vermissten Kinder! Handtücher und Decken!“ Sie nahm David auf den Arm, und Flöckchen und ich eilten ihr hinterher. Wir waren in einem Kloster gelandet mit langen Gängen und vielen Räumen. Wir wurden in ein sehr großes Zimmer mit Kamin geführt, das der Äbtissin gehörte, wie uns Schwester Anna erzählte, die Nonne, die uns aufgemacht hatte. Dort legte Schwester Anna David auf eine Couch, ganz nah an den Kamin, in dem ein kleines Feuer knisterte. Die anderen beiden Nonnen brachten nun Handtücher und Decken und trockene Kleidung für uns. Sie zogen David die nassen Sachen aus, rubbelten ihn trocken, zogen ihm eine Hose und einen Pullover über und hüllten ihn in eine warme Decke. Ich bekam einen Jogginganzug in Pink – er war ziemlich scheußlich, aber trocken.

Flöckchen hatte sich vor den Kamin gelegt. Sie räkelte sich und war sichtlich zufrieden. Schwester Anna brachte Tee und Kekse, aber David war schon eingeschlafen, und so trank ich den Tee, der nach ganz vielen Kräutern schmeckte, und aß Kekse mit Schokolade darauf.

Schwester Anna sagte, dass die Äbtissin, Mutter Maria Benedicta gleich käme, sie würde gerade mit der Polizei telefonieren, um durchzugeben, dass wir in Sicherheit sind. Sie wussten alle schon von uns, denn es war eine Suche nach uns eingeleitet worden. Es sind viele Polizisten und Feuerwehrleute unterwegs gewesen, sie hatten das Schlimmste befürchtet, wegen der vielen Höhlen in der Umgebung, die sich bei Starkregen mit Wasser füllen. Es sind schon Urlauber darin ertrunken.

Ich wusste, dass wir sehr viel Glück gehabt hatten und nur knapp dem Ertrinken entkommen waren, aber ich wusste auch, dass es jetzt ein ganz großes Theater geben und ich wahrscheinlich Hausarrest und noch vieles mehr bekommen würde. Aber das war mir egal, denn ich hatte Flöckchen! Flöckchen, die bestimmt von Scarlett abstammte!

Übermorgen war meine Bat Mitzwa! Vielleicht würde Oma doch noch kommen, wenn ich ihr von Flöckchen erzählte? Ich beobachtete, wie Flöckchen den Raum der Äbtissin inspizierte, und plötzlich sah ich dieses Bild, das neben dem Schreibtisch der Äbtissin an der Wand hing. Mir blieb fast das Herz stehen. Darauf war ein altes Kloster zu sehen und dahinter auf einem Hügel war eine winzige Kirche mit einem Turm, der genauso aussah, wie Walter ihn gemalt hatte! Und wenn das die Kirche war, in die er Betty gebracht hatte? Aber dann hätte Oma Minnie das doch sehen müssen, als sie hier war! Und sie war bestimmt hier, denn sie hat überall nach Betty gesucht!

Ich war so aufgeregt, dass ich unbedingt die Äbtissin danach fragen wollte, und da trat sie auch schon in den Raum, stellte sich vor und sagte freundlich: „Eure Eltern sind informiert. Sie werden bald hier sein, um euch abzuholen. Kinder, Kinder, was habt ihr nur angestellt. Ich danke Gott, dass euch nichts passiert ist. Bei dem Regen!"

Ich konnte gar nicht zuhören und fiel der Äbtissin ganz unhöflich ins Wort, denn ich konnte es einfach nicht mehr aushalten und wollte unbedingt wissen, was das für ein Bild war an der Wand. Die Äbtissin lächelte. „Dass du mich das fragst! Das hat bisher noch kein Gast wissen wollen. Aber das Bild habe ich auch erst seit ein paar Wochen. Ich wusste nicht, wie das Kloster früher einmal ausgesehen hat, bis ich neulich diesen Stich geschenkt bekommen habe. Er wurde auf einem Dachboden gefunden, als das Haus renoviert werden sollte. So also sah unser Kloster aus, bevor es im Krieg zerstört wurde. Zur kleinen Kapelle auf dem Berg dort, mussten die Schwestern damals laufen. Es war hübsch, nicht wahr?"

Ich nickte, es war wirklich hübsch, und langsam fing ich an zu glauben, dass Walter Betty in dieses Kloster gebracht hatte, in diese Kapelle! Ich dachte an den Brief von Walter und dass ich ihn nicht dabeihatte und deshalb der Äbtissin die Zeichnung nicht zeigen konnte. Ich fragte sie, ob sie wüsste, ob im Krieg in ihrem Kloster oder auch in der Kapelle Kinder aufgenommen wurden, jüdische Kinder, die keiner haben wollte. Die Äbtissin schüttelte den Kopf. „Sehr selten, denn das war ja verboten. In der Geschichte des Klosters ist jedenfalls nichts in der Art vermerkt."

Ich wollte noch so vieles mehr wissen, aber plötzlich stürzten Mama und Papa in den Raum und bekamen sich gar nicht mehr ein vor Umarmungen und Küssen. Wie froh sie wären, uns zu sehen, wir hätten tot sein können. Ich erzählte lieber erst einmal nichts von der Höhle, und davon, wie schlimm es wirklich gewesen war. Ich war einfach nur froh, dass die Standpauke ausblieb.

Sie streichelten Flöckchen, Djamil hatte ihnen schon von ihr erzählt, und Papa war ganz gerührt, dass Flöckchen vielleicht tatsächlich von Scarlett abstammte. Ich nahm Papa bei der Hand und zeigte ihm das Bild mit dem Kloster und der Kapelle und erklärte ihm, dass vielleicht Betty damals hierhergebracht wurde! Und dass wir das rausbekommen mussten! Da wurde er richtig böse und wies mich in einem sehr eindeutigen Ton zurecht: „Schluss jetzt, Amit, dein Bruder hätte sterben können! Du hättest sterben können. Zwei Kinder nachts alleine! Bei dem Regen! Ihr hättet ertrinken können!" Ich verteidigte mich damit, dass ja nichts passiert war, aber Papa nahm mich nur wortlos an die Hand, bedankte sich bei der Äbtissin Mutter Maria Benedicta und Mama nahm David auf den Arm. Als Papa mich gerade nach draußen ziehen wollte, konnte ich meine Chance aber nicht einfach so verstreichen lassen und rief der Äbtissin zu: „Sie heißt Betty und ist im Oktober 1939 geboren. Und wenn der Soldat Walter Wagner sie hierhergebracht hat, dann im September oder Oktober 1940! Sie müssen nach ihr suchen, sie war bestimmt hier! Auch wenn das bei Ihnen nirgendwo steht!“

Papa schüttelte mich. „Schluss jetzt! Kein Walter, keine Betty – und wer soll überhaupt dieser Soldat sein?“

Papa drehte sich noch mal zu der Äbtissin um. „Nichts für ungut. Das war alles etwas viel für uns alle und nochmals vielen, vielen Dank für alles!“

Papa zog mich nun endgültig nach draußen, ich konnte gerade noch meinen Rucksack greifen. Flöckchen lief uns brav hinterher, so als würde sie schon zu uns gehören. Ich hoffte sehr, dass die Äbtissin mich ernst nahm. Ich würde ihr gleich morgen einen Brief schreiben und den Brief von Walter mitschicken und alles, was ich über Betty wusste, aufschreiben. Vielleicht würde ich Betty so wirklich finden! Ich hatte so eine Ahnung, dass Betty damals in dem Kloster war, in der Kapelle, und dass Oma das natürlich gar nicht herausfinden konnte, weil Betty ja nicht Betty war, und es gar kein Bild mehr von der Kapelle gab. Das musste ich Oma unbedingt alles erzählen!

Kapitel 17

Aber als wir zu Hause waren, durfte ich Oma Minnie dann doch nicht anrufen, weil David Fieber bekommen hatte und ein Arzt gerufen werden musste. Der Arzt stellte fest, dass David Gefahr lief, eine Lungenentzündung zu bekommen, und Mama und Papa gut aufpassen müssten, ob sich sein Zustand veränderte. Der Arzt fragte mich, ob David vielleicht Wasser geschluckt hätte, und da musste ich Mama und Papa die ganze Geschichte erzählen, auch dass David unter Wasser war, und ich schon Angst hatte, er wäre ertrunken. Der Arzt blickte besorgt und erzählte etwas vom sekundären Ertrinken, also wenn Wasser in die Lunge gekommen ist, dann könnte man auch noch vierundzwanzig Stunden nach dem Fast-Ertrinken, das man überstanden hat, sterben. Mama und Papa sollten deshalb darauf achten, ob er hustete. Sollte er anfangen zu husten, müssten sie ihn sofort ins Krankenhaus bringen oder einen Krankenwagen rufen.

Papa sah zu mir herüber und sein Blick hatte etwas von Enttäuschung, Trauer und Wut, und ich weiß nicht, was.

Jedenfalls sollte ich in mein Zimmer gehen, er wollte jetzt mit Mama und David allein sein. Ich fühlte mich so schlecht! Wenn David sterben müsste, dann würde ich nie wieder froh werden! Und als ich David bald darauf auch noch husten hörte, verkroch ich mich in mein Bett. Ich hätte so gerne mit jemandem gesprochen. Mit Djamil! Aber ich traute mich nicht, ihn anzurufen, vielleicht war er ja sauer auf mich, weil mein Akku alle war.

Nicht mal Flöckchen war jetzt bei mir, denn Flöckchen lag vor Davids Bett; sie spürte sicher, wie schlimm es um ihn stand. Ich fühlte mich so allein, so schrecklich allein! Ich holte Omas Tagebuch aus meinem Rucksack. Es war ganz unversehrt. Wie gut, dass ich es in eine Plastiktüte gewickelt hatte! Und ich nahm noch einmal die Briefe von Walter aus meiner Schublade und sah mir das Bild ganz genau an, das Walter gemalt hatte. Es musste einfach stimmen! Ich musste Mama und Papa das Bild zeigen und von meiner Vermutung erzählen, dass Betty in dem Kloster abgegeben worden war, als es noch so aussah wie auf dem Bild, das bei der Äbtissin hing. Ich nahm allen Mut zusammen, denn es ging jetzt um Minnie und Betty, ich musste noch einmal versuchen, mit Mama und Papa zu reden. Doch als ich die Tür meines Zimmers öffnete, hörte ich Papa mit Oma am Telefon reden. Nein, er redete nicht, er schimpfte ins Telefon. So aufgebracht hatte ich Papa noch nie erlebt. „Wieso hast du ihr dein

Tagebuch gegeben? Verstehst du nicht, dass Mädchen in Amits Alter Fantasien haben? Deine Schwester Betty ist nicht mehr! Wann willst du das endlich verstehen? Willst du uns alle ins Elend ziehen? Willst du das? Ich habe das alles nicht erlebt und will es auch nicht erleben – es tut mir leid für dich –, aber es ist deine Geschichte und nicht meine! Wenn David stirbt, weißt du, was dann ist? Dann wiederholt sich dein verdammtes Schicksal. – Mutter? – Mutter!" Papa war richtig verzweifelt.

Entgeistert sagte er zu Mama: „Sie hat aufgelegt. Sie hat einfach aufgelegt! Kannst du das begreifen? David stirbt vielleicht, und sie legt einfach auf?!" Papa blickte fassungslos zu Mama, die in der Tür stand, und dann zu mir. Ich weiß nicht, warum ich das machte, vielleicht weil ich sowieso nichts mehr zu verlieren hatte. Aber ich erzählte Papa von Walter und dem Bild. Und ich zeigte Papa die Zeichnung, doch Papa nahm mir die Zeichnung von Walter einfach aus der Hand, zerriss sie und warf die Schnipsel auf den Boden. Gefährlich ruhig sagte er zu mir: „Jetzt ist ein für alle Mal Schluss, Amit! Ich möchte nie wieder etwas über Briefe, Tagebücher, Walters, Bettys oder auch Minnies hören. Nie wieder! Ist das klar? Hast du mich verstanden?!"

Ich konnte nichts darauf sagen, weil David wieder weinte und hustete. Mama und Papa liefen zu David und meinten gehetzt, dass sie mit ihm ins Krankenhaus fahren müssten. Und ich solle zu Hause bleiben, und wirklich nichts, aber auch gar nichts mehr anstellen.

Nein, ich würde nicht wieder weggehen, ich würde bleiben und dafür beten, dass David nicht stirbt. Papa hatte recht! Minnies und meine Geschichte dürfen sich nicht vermischen! Niemals!

Als Papa und Mama gegangen waren, habe ich die Schnipsel wieder aufgelesen und auf ein Papier geklebt. Dann ist Flöckchen zu mir gekommen und hat sich neben mich gesetzt. Ich nahm das Säckchen mit den drei Steinen und Omas Tagebuch. Ich fühlte mich so alleine! Und ich hatte nicht einmal eine Emilia. Aber ich hatte natürlich Flöckchen. Ich wollte Oma alles erzählen, sie musste wissen, was passiert war. Aber als ich versuchte sie anzurufen, nahm sie nicht ab. Ich hatte plötzlich eine solche Angst, dass sie sich etwas angetan hatte! Oder dass sie gestorben war, an einem Herzinfarkt, weil Papa so mit ihr geschimpft hatte! Hoffentlich war sie nur zu Schmuel gegangen. Ich drückte das Säckchen mit den drei Steinen an mich und las noch einmal die letzten Zeilen, die Minnie in der Schweiz in ihr Tagebuch geschrieben hatte, bevor sie Emilia das Tagebuch anvertraute:

Emilia und ich kamen irgendwann zu einem winzigen Dorf. Nur wenige Lichter brannten. Wir gingen an einem Schild mit dem roten Kreuz der Schweiz vorbei und standen wenig später vor einem großen Haus. Das Haus sah aus wie eine Schule.

Eine ganz große und dünne Frau in dunkler Kleidung begrüßte zuerst Emilia, dann schüttelte sie auch mir die Hand. Sie war die Heimleiterin des Waisenhauses, in dem ich ab jetzt wohnen sollte. In einem Waisenhaus! Sie taten ja schon so, als sei ich eine Waise und hätte niemanden mehr! Aber als die Frau mir das sagte, war mir plötzlich alles gleichgültig. Ich hatte niemanden mehr. Nicht Franz und nicht Toni, nicht Els und Roel und die Bäuerin, nicht Grégoire und Marie und auch nicht mehr Emilia, denn die musste jetzt anderen Kindern helfen. Ich hatte keinen Kurt mehr, und ich werde nie wieder einen Kurt haben, keine Scarlett und nur eine fremde strenge Frau, in deren Haus ich wohnen sollte. Am liebsten wäre ich auch gestorben, so wie Kurt. Dann würde ich wenigstens für immer neben ihm schlafen und wäre nicht so alleine. Die Frau ging mit Emilia und mir die Stufen hoch in einen Schlafsaal mit Stockbetten. Da waren auch andere Kinder, aber die nahm ich gar nicht mehr wahr. Ich war so müde, vor Verzweiflung und Trauer und allem, dass ich sofort eingeschlafen bin. Emilia sagte mir hinterher, dass ich einen Tag und eine Nacht durchgeschlafen hätte, denn es war Emilia, die mich irgendwann weckte, um sich von mir zu verabschieden. Ich habe entschieden, liebes Tagebuch, dass Emilia Dich mitnimmt. Und auch das Säckchen mit den Steinen. Das Säckchen ist für Emilia, und Dich soll sie Mutter und Vater geben, damit sie wissen, was passiert ist und wo ich jetzt bin.

Liebe Mutter, lieber Vater! Ich grüße Euch ganz herzlich und lieb und mit viel Hoffnung, dass wir uns bald wiedersehen, denn ich vermisse Euch so sehr! Unser Haus und unser Leben. Und wenn ich manchmal böse war, möchte ich mich hier und jetzt entschuldigen. Ich werde ab jetzt immer lieb sein, denn nun weiß ich, dass Euch zu haben ein ganz großes Geschenk ist. Bitte bleibt gesund! Und arbeitet nicht so viel in dem Lager! Ich liebe Euch so sehr! Eure Minnie.

Ich legte das Tagebuch beiseite. Ich weiß ja, dass alle aus Minnies Familie gestorben sind, ihre Eltern und ihr Bruder, deshalb kann ich nicht verstehen, warum Papa nicht glauben will, dass das Kloster vielleicht bei der Suche nach Betty weiterhelfen kann? Ich war doch so nah dran! Da hörte ich, wie es an der Tür klopfte. Ich ging in den Flur und öffnete die Tür einen Spalt. Es war Djamil. Er fragte, ob er reinkommen dürfte. Ich weiß nicht, ob er es gedurft hätte von Mama und Papa aus, aber ich war so froh, dass er da war.

Djamil erzählte mir, dass er sich heimlich von zu Hause davongeschlichen hatte, um in Frankfurt auf dem Bahnhof auf mich und David zu warten. Aber als wir bis weit nach Mitternacht nicht kamen, hatte er es so langsam mit der Angst zu tun bekommen und seine Mutter und meine Eltern informiert. Es war eine große Aufregung, vor allen Dingen, weil in Ermreuth und Umgebung Starkregen mit Hochwasser angesagt war und die Polizei inständig hoffte, dass wir uns nicht in einer Höhle versteckt hatten, weil die mit Wasser volllaufen könnten und die Gefahr, darin zu ertrinken, sehr hoch wäre. Mama und Papa sind dann sofort losgefahren, und er wäre am liebsten mit, aber das hat natürlich niemand erlaubt.

Und dann sagte Djamil etwas, das ich nie vergessen werde: „Ich habe plötzlich ein ganz schlimmes Gefühl gekriegt, als ich dachte, dass ich dich verlieren könnte, Amit, weil ich dich sehr mag!"

Ich wollte fast anfangen zu weinen, weil Djamils Worte so schön waren, und ich wollte ihm sagen, dass ich in ihn verliebt bin, dass ich das schon lange weiß, aber da hörte ich, dass Mama und Papa zurückkamen. Ich wollte auf keinen Fall, dass sie Djamil hier sahen, und vielleicht auch noch mitbekamen, dass ich in ihn verliebt war, deshalb bat ich ihn, sofort zu verschwinden. Djamil ging, aber ich hatte das Gefühl, dass er sehr verunsichert war, weil ich ihm nicht geantwortet hatte.

Ich legte mich schnell wieder ins Bett, auf dem Flöckchen immer noch lag und schlief. Sie war von all dem ganzen Herumirren und der Nacht in der Höhle ganz erschöpft. Und jetzt merkte auch ich, wie mir alles weh tat, mein Rücken und meine Beine, weil ich David huckepack getragen hatte. Alles war umsonst! Scarlett und die Höhle und das Kloster! Übermorgen war meine Bat Mitzwa, und Oma weiß von nichts! Ich war verzweifelt! Und krank vor Sorge wegen David.

Als Papa zur Tür hereinblickte, tat ich so, als ob ich schlafen würde. Ich hörte, wie er zu Mama sagte: „Sie schläft schon. Dann wird sie erst morgen erfahren, dass David über den Berg ist. Ich hoffe, dass sie nicht auch noch krank wird, so kurz vor ihrer Bat Mitzwa." Dann schloss Papa die Tür. Ich war so froh, dass es David besser ging, dass ich Flöckchen in den Arm nahm und sie küsste, obwohl Hunde so etwas eigentlich nicht mögen.

Und vor lauter Erleichterung konnte ich endlich einschlafen. Als ich am nächsten Morgen aufwachte, waren schon viele Leute da, die meisten kannte ich gar nicht. David ging es besser, aber alle sorgten sich um ihn, und beim Frühstück bekam ich vorwurfsvolle Blicke. Und hörte Sätze wie: „Also seinen kleinen Bruder da hineinzuziehen, sollte ein verantwortungsvolles Mädchen nicht tun!" oder „Da hast du aber Glück gehabt, dass Gott bei euch war!"

Ich tat so, als würde ich das alles gar nicht hören. Ich hatte David gerettet, als er fast untergegangen war, und Flöckchen und ich hatten ihn im Wald wiedergefunden. Es hätte alles sehr viel schlimmer ausgehen können! Aber ich wollte keinen Streit, deshalb sagte ich lieber gar nichts. Dann wies mich Mama auch noch an, mich bei Djamil und seiner Mutter zu entschuldigen, für all die Aufregung, die ich verursacht hatte. Das tat ich auch. Aber Djamils Mutter reagierte ganz anders als alle bei uns. Sie drückte mich und sagte: „Was du alles auf dich genommen hast, Amit, ich bewundere dich!" Djamil nickte bestätigend, ging dann aber wieder zurück in sein Zimmer. Ich dachte daran, wie er mir gesagt hatte, wie gern er mich hat und dass ich darauf noch nichts geantwortet hatte. Ich fragte Cleo, ob sie etwas von Tarek gehört hätte, doch sie schüttelte nur den Kopf. Aber es gäbe Hoffnung, weil jemand ihren Mann und seine Eltern gesehen hatte, kurz bevor es wieder einen Angriff gegeben hätte. „Djamil gibt die Hoffnung auch nicht auf, Amit, da ist er so wie du." Sie versprach, morgen mit Djamil zu meiner Bat Mitzwa zu kommen.

Ich ging wieder in unsere Wohnung, und da gab mir Mama schon die nächste Anweisung: Ich sollte bei Frau Seidel anrufen und ihr sagen, dass Flöckchen bei uns wäre und dass wir sie gerne behalten würden. Doch obwohl ich Mama dafür sehr dankbar war, ging ich zurück in mein Zimmer, denn ich hatte keine Lust, mit jemandem zu reden. Ich holte das Bild von Walter noch einmal aus der Schublade. Auch wenn es nun aus Schnipseln zusammengesetzt war, konnte man den Kirchturm mit der Haube noch sehr genau erkennen. Ich blickte aus dem Fenster. Die Sonne schien freundlich, aber schon herbstlich tief. Unten auf der Straße liefen Menschen vorbei.

Alle Menschen haben ihre eigene Geschichte, dachte ich. Und jede war kompliziert. Ich sah ein Taxi vor unserem Haus halten und dachte, dass es wieder irgendwelche Verwandte sein würden, die ich gar nicht kannte, aber das, was ich jetzt sah, übertraf alles, was ich denken konnte: Oma Minnie stieg aus dem Taxi! Ganz umständlich und zerbrechlich und ohne Heimat. Ich stürmte aus meinem Zimmer, riss die Wohnungstür auf und rannte nach unten, Flöckchen hinterher.

Mama rief wütend: „Amit, du hast Hausarrest, komm sofort zurück!"

Aber ich kam nicht zurück, ich rannte direkt in Oma Minnies Arme. Und als Flöckchen an ihr hochsprang, rief Oma völlig überrascht: „Scarlett! Meine kleine Scarlett!"

Tränen rannen Oma Minnie übers Gesicht. Ich sagte ihr, dass ich Flöckchen für sie gefunden hatte und ihr das am Telefon schon sagen wollte, aber nicht durfte, weil David so krank war, und dass Flöckchen eine Urenkeltochter von Scarlett wäre und nun für immer ihr gehören würde. Oma Minnie umarmte mich so fest, wie sie es noch nie getan hatte, ich bekam fast keine Luft mehr.

„Danke, Amit! Meine kleine Amit! Danke!" Mama kam zeternd aus dem Haus gerannt, aber als sie Minnie sah, konnte sie nicht mehr wütend sein.

„Was ist das nur für eine Welt", seufzte sie und betrachtete uns. „Jetzt ist sie hier, deine geliebte Oma Minnie", fuhr Mama sanft fort und streichelte mir übers Haar. „Ich kann dir doch gar nicht böse sein, Amit, aber ich hatte solche Angst um David, kannst du das verstehen?"

Ich nickte und sagte etwas von Kurt und wie schlimm das auch für Minnie damals war. Oma Minnie nickte und nahm meine Hand. Flöckchen beobachtete uns beide und schmiegte sich an Oma Minnies Bein. Da musste sie lachen.

„Wollen wir nach oben gehen? Ich will doch mal nach David schauen", sagte Oma Minnie. Ich brachte Minnie nach oben, und Mama nahm ihren kleinen Koffer. Flöckchen blieb brav an Oma Minnies Seite. Ich war so glücklich, wie ich es lange nicht mehr war. Doch, bei Djamil gestern, aber das ist etwas anderes.

Als wir oben ankamen, konnte Papa gar nichts sagen vor lauter Erstaunen. Er stand eine Weile ganz still, dann nahm er Oma in den Arm und stellte sie Mamas Familie vor. Wie stolz er war! Und ich entschied mich, vorerst nicht mehr von Betty zu sprechen, jetzt war Oma ja da, und ich wollte das Glück nicht zerstören, das sich gerade über alle ausbreitete. Ich überlegte, Oma und Papa und Mama später und in aller Ruhe noch einmal den Brief von Walter zu zeigen und über die Möglichkeit zu sprechen, dass Betty damals in der Kapelle abgegeben wurde. Das Thema mit Betty lief mir ja nicht weg.

Ich musste Oma immer wieder ansehen, wie sie jetzt im Sessel saß mit Flöckchen auf ihrem Schoß, die sie unaufhörlich streichelte. Und Flöckchen, die sich räkelte und wie ein Kätzchen schnurrte vor Glück. Und als alle

– die vielen Verwandten aus New York und Odessa und die verrückte Erika Giebel – wie immer durcheinanderredeten, band Oma Minnie Flöckchen eine rosa Schleife um den Hals, damit sie ganz besonders hübsch war für meine Bat Mitzwa morgen. Da überlegte ich nicht lange und taufte Flöckchen auf den Namen Scarlett. Ab jetzt würde Flöckchen also für immer Scarlett heißen! Da fiel eine kleine Träne von Oma auf Scarletts Schnauze, sodass Scarlett Oma Minnie verdutzt anblickte und dann vorsichtig anstupste, so als könnte sie alles verstehen. Das war so niedlich, dass alle gerührt waren. Nur Erika, die ein wenig schwerhörig war, fragte noch einmal nach, ob Flöckchen denn jetzt wirklich Scarlett hieße und wenn ja, dann wäre es doch auch ein sehr schöner Name! Oma Minnie nickte und murmelte, dass es so ein Jammer wäre, dass Kurt das nicht miterleben durfte. Und ich fand das auch. Aber Erika meinte, dass Kurt doch da wäre, also mein Vater. Sie verstand die ganze Geschichte nicht.

Lea war natürlich auch gekommen, nachdem sie von Oma gehört hatte, und ich versöhnte mich wieder mit ihr und gestand ihr, dass ich eifersüchtig auf sie gewesen war, wegen Djamil. Da musste sie lachen, und sie sagte mir, dass sie sich sowas schon gedacht hatte, aber ich wäre wirklich sehr abweisend gewesen und in meiner Welt gefangen, dass ihr gar nichts anderes übriggeblieben wäre, als mit Djamil darüber zu sprechen. Obendrein wäre ziemlich klar, dass Djamil mich gut finden würde und nicht sie. „Und außerdem stehe ich nicht auf solche Typen, ich mag's nicht so intellektuell“, fügte sie dann noch altklug hinzu. Sie kann es halt nicht lassen und muss immer das letzte Wort haben!

Aber das ist Lea, und ich war froh, dass ich wieder mit ihr reden konnte. Und weil alle so mit Oma Minnie und Flöckchen, also Scarlett, beschäftigt waren, merkte niemand, dass Djamil klingelte. Ich machte ihm auf. Und wollte ihm sagen, wie sehr ich in ihn verliebt bin, aber da herzte Papa gerade David, und ich sah in Djamils tiefen blauen Augen, wie sehr er seinen Vater vermisste. Ich nahm seine Hand und küsste ihn auf die Wange, ganz schnell, sodass es niemand mitbekam. Djamil wurde rot und flüsterte, dass er sehr froh ist, dass ich seine Gedanken lesen kann und dass ich eine wirkliche Freundin bin.

Und weil Lea und Djamil und ich jetzt wieder Freunde waren, sind wir zu dritt in mein Zimmer gegangen und haben gemeinsam die Adresse von der Äbtissin Mutter Maria Benedicta im Internet gesucht. Denn ich wollte ihr unbedingt die Zeichnung und den Brief von Walter schicken. Als wir die Adresse fanden, fotografierte Djamil beide Briefe ab, wir luden die Dateien auf meinen Computer und schickten sie der Äbtissin. Nun hatte ich alles getan, was ich tun konnte, und hoffte sehr, dass die Äbtissin Mutter Maria Benedicta Oma Minnies Schwester finden würde. Lea und Djamil meinten, dass die Chancen dafür nicht schlecht stünden, und das beruhigte mich.

Und dann war auch schon Freitagabend, Schabbat, und wir haben alle Tische und Stühle, die wir auftreiben konnten, zusammengestellt, bis wir eine große Tafel hatten, an der wir alle sitzen und gemeinsam essen konnten. Mama zündete die Kerzen an, und Scarlett durfte auf dem Schoß von Oma sitzen bleiben. Es machte niemandem etwas aus, denn alle wussten ja, was Scarlett für Oma bedeutete. Alles war so friedlich und schön, und ich war so glücklich, eine so große Familie zu haben, mit Oma Minnie, dass ich sogar Betty für einen Moment vergessen hatte.

Kapitel 18

Der Tag meiner Bat Mitzwa fing ganz hektisch an. Alle waren aufgeregt und zupften an mir herum. Ich sollte doch schön aussehen. Oma Minnie sagte, dass ich schön von innen heraus bin, da bräuchte ich nicht einmal ein schönes Kleid. Das fanden die anderen aber nicht, denn ein hübsches Kleid wäre ein fester Bestandteil der Bat Mitzwa, da waren sich alle einig. Oma zwinkerte mir zu. Wir beide verstanden, was sie meinte, und dass es gerade jetzt nicht auf Äußerlichkeiten ankam.

Als es Zeit war, in die Gemeinde aufzubrechen, musste ich mir eingestehen, dass ich schon ziemlich nervös war, denn ich hatte mich wegen all der Aufregung nicht genügend vorbereitet. Zum Glück wohnen wir nicht weit von der jüdischen Gemeinde, sodass wir alle gemeinsam dorthin laufen konnten. Ich stellte Rabbinerin Hirsch meine Oma vor und entschuldigte mich bei ihr, weil ich so unkonzentriert gewesen war, und erzählte, dass ich Omas Tagebuch gelesen hatte, mit all den schlimmen Geschichten von damals, von der Flucht aus Deutschland.

Rabbinerin Hirsch nickte mitfühlend und begrüßte Oma Minnie herzlich und erlaubte ihr sogar, Scarlett mit in den Saal zu nehmen, obwohl das eigentlich verboten war. Aber schließlich war Scarlett ja auch eine Art Überlebende des Holocaust.

Ich war sehr aufgeregt, denn ich stand das erste Mal vor so vielen Menschen! Aber ich versprach mich nicht ein einziges Mal beim Vorlesen aus der Thora! Als ich zu Mama und Papa und Oma Minnie blickte, sah ich, dass sie ganz gerührt waren und Tränen in den Augen hatten. Ich strengte mich aber auch ganz besonders an. Selbst Flöckchen, die jetzt Scarlett hieß, blieb ganz still und andächtig, so als würde sie alles verstehen und wissen, wie man sich in einer jüdischen Gemeinde zu benehmen hatte.

Und dann aber kam die große Feier! Mit Tanzen und Singen und Essen und so viel Spaß! Tante Ruth hatte dazu extra einen großen Festsaal mit einer kleinen Bühne ausgesucht. Der war auch nicht weit weg von der Gemeinde, sodass wir wieder alle zu Fuß gehen konnten. Ich nahm Oma Minnie an die eine Hand, und Djamil nahm sie an die andere Hand. Und Lea nahm Scarlett. Wir sprachen nicht viel. Oma Minnie war sehr nachdenklich und blickte sich immer wieder um. Sie murmelte, dass Frankfurt sehr schön wäre und hell und so große alte Häuser habe, so wie sie damals in Nürnberg standen.

Da fragte ich sie nach dem Haus in Nürnberg, und warum sie nicht dorthin zurückgegangen war. Oma Minnie lächelte und sagte, dass das alle damals wissen wollten. Aber was sollte sie in so einem großen Haus, ganz alleine. Außerdem war die Erinnerung zu schmerzlich, deshalb war sie nach Israel gegangen, mit Schmuel. Sie wollte einen richtigen Neuanfang. Und weil sie für das Haus in Nürnberg eine Entschädigung bekommen hatte, konnten sie das schöne neue Haus in Israel bauen. Ich drückte Omas Hand ganz fest, und wir gingen schweigend weiter.

Als wir in dem Festsaal ankamen, spielte schon eine Band zur Begrüßung. Sie spielte ein altes jiddisches Lied für Minnie, die ganz gerührt war. Ich nickte Tante Ruth dankbar zu. Die zeigte auf Lea. Sie hatte sich das mit dem Lied für Oma ausgedacht und hat sie damit sehr beglückt! Lea war so wunderbar, sie checkte einfach alles!

Ach, Lea, ich war so ungerecht zu dir!

Aber Lea summte zufrieden vor sich hin und merkte sehr wohl, wie dankbar ich ihr war.

Mir war klar, dass ich eine Rede halten musste und hatte natürlich keine vorbereitet, aber ich wusste, was ich sagen wollte, und ging, nachdem sich alle versammelt hatten, auf die Bühne. Die Band hörte auf zu spielen. Ich räusperte mich, weil ich aufgeregt war. Aber als ich Oma Minnie ansah, die wieder einmal Scarlett auf dem Schoß hatte, war ich plötzlich gar nicht mehr aufgeregt. Denn was hatte ich schon zu verlieren? Verglichen mit all dem, was Oma hinter sich hatte. Zuerst hörte ich mich selbst noch sprechen, dann vergaß ich aber Zeit und Raum und redete so, wie es aus mir herauskam:

„Schön, dass ihr heute da sein könnt, ich danke euch allen für die schönen Geschenke und dass ihr nicht mehr böse seid, weil ich die vorletzte Nacht weg war und David und mich in Gefahr gebracht habe. Bruderherz, alles klar?“ David machte die High-five-Geste und alle lachten. „Liebe Oma Minnie, meine Bat Mitzwa ist so wunderschön, weil du da bist! Nicht, dass ihr mich falsch versteht, ich bin über alle froh, die hier sind, aber Oma Minnie ist extra gekommen, nur wegen mir. Vielleicht aber auch wegen David, weil sie das an Kurt erinnert hat. Papa und Mama meinten, dass ich nach meiner Bat Mitzwa erwachsen sein würde. Ich weiß nicht. Erwachsen bin ich geworden durch dein Tagebuch, Oma, durch das, was du alles durchgemacht hast: die Flucht aus Deutschland, die vielen Nächte voller Angst und Einsamkeit und Erschöpfung, dass dein Bruder gestorben ist und du ihn begraben hast und niemand aus deiner Familie überlebt hat, bis auf Scarlett und vielleicht Betty. Papa und Mama, ihr hört mir nicht zu! Es gibt vielleicht einen Platz, an dem wir etwas über Betty erfahren könnten, zu dem du uns, liebe Scarlett, geführt hast. Du bist der Engel in unserer dunklen Geschichte. Und ich möchte noch etwas sagen.

Es gibt hier einen Menschen, der fürchterliche Angst hat, weil er nicht weiß, was mit seinem Vater ist. Und er hat Angst, ihn vielleicht nie wiederzusehen. Aber er hat an David und mich und an Omas Geschichte geglaubt und war immer auf meiner Seite … Oma! Eigentlich sollten alle dein Tagebuch lesen, damit sie wissen, was du alles durchgemacht hast und dass es eine große Ehre für mich ist, dass du heute hier bist! Und dass wir nicht wissen, alle nicht wissen, was mit Betty ist …"

In dem Moment ging die Tür zum Saal auf. Alle drehten sich um, nur Minnie nicht, weil sie zu mir sah und mir immer wieder liebevoll zunickte. Ich sah, wie eine Nonne in den Saal trat. Ganz schüchtern. Sie war zierlich und sah, abgesehen von ihren Nonnenkleidern, Oma Minnie ein bisschen ähnlich. Ich war verwirrt. Es war weder die Äbtissin noch Schwester Christa, Schwester Anna oder Schwester Marianne.

Alle starrten die Nonne an, die vorsichtig in die Stille fragte, ob hier eine Amit Goldstein ist, die auf der Suche nach einer Betty ist. Oma Minnie drehte sich nun um und stand auf. Die Nonne und Oma Minnie sahen sich an. Ganz lange. Keiner sagte etwas. Und ich war mir nicht sicher, ob ich das glauben sollte, was ich glaubte, nämlich dass dort Betty stand, Minnies Schwester!

Oma Minnie flüsterte: „Betty?" Und ging langsam auf die Nonne zu.

„Ich bin Schwester Martha“, stellte sich die Nonne Oma Minnie vor, „und so, wie es aussieht, bin ich deine Schwester, liebe Minnie.“

Vorsichtig strich Oma Minnie über das Gesicht von Schwester Martha. Diese stand ganz still. Dann berührten sich ihre Hände. Ich blickte zwischen Oma Minnie und Schwester Martha hin und her. Doch die nahmen keine Notiz von mir. Lea sorgte dafür, dass die Band wieder anfing zu spielen. Die Gäste begannen zu tanzen. Sie kannten die Geschichte von Oma Minnie nicht und dachten, dass es vielleicht etwas absurd ist, eine Nonne bei einer Bat Mitzwa dabeizuhaben – aber warum nicht? Alles war heutzutage möglich.

Ich sah, wie Papa und Mama etwas abseits standen und den beiden zusahen. Auch David sah neugierig zu. Djamil nahm mich an die Hand und sagte „Lass uns tanzen, Amit! Sie haben sich so lange nicht gesehen, lass ihnen Zeit für sich allein.“

Wie klug Djamil immer ist! Ja, ich hatte mich wirklich verliebt in ihn und durfte jetzt ja auch verliebt sein, weil ich ab heute erwachsen war.

Wir mischten uns unter die Tanzenden, während Oma Minnie und Schwester Martha abseits saßen und redeten, beobachtete ich die beiden natürlich die ganze Zeit. Und ich sah auch, wie Papa und Mama die beiden beobachteten.

Plötzlich ertönte ein lautes und eindringliches Bellen im Raum. Viele drehten sich um und blickten zu Oma Minnie und Schwester Martha und Scarlett, die empört vor den beiden Damen saß und sich mit ungeduldigem Bellen Aufmerksamkeit verschaffen wollte. Aber dann tanzten alle weiter. Bis auf Papa und Mama und David. Papa ging nun auf Oma Minnie und Schwester Martha zu. Er konnte nicht glauben, was er sah.

„Minnie? Betty? Amit hatte wirklich recht?"

Oma Minnie und Schwester Martha lächelten milde. Und David brachte es mal wieder auf den Punkt, als er erstaunt fragte: „Eine jüdische Nonne? Geht das überhaupt?"

Oma Minnie nickte, und Schwester Martha sagte, dass sie bisher nicht wusste, wer sie wirklich war und dass die Äbtissin Mutter Maria Benedicta ganz alte Aufzeichnungen gefunden hatte über Waisenkinder, die im Krieg im Kloster abgegeben worden waren. Und sie erzählte, dass sie im Oktober 1940 vor das Tor zum Kloster gelegt worden war und einen Zettel um den Hals getragen hatte, auf dem *Martha* stand. Sie war damals gerade ein Jahr alt. Die Nonnen hatten sie so in ihr Herz geschlossen, dass sie im Kloster bleiben und aufwachsen durfte und später dort auch ihr Gelübde abgelegt hatte.

Oma Minnie nahm Bettys Hand, und beide gingen mit Scarlett für eine Weile nach draußen. Sie wollten einen

Spaziergang machen. Sie wollten beieinander sein – Zeit miteinander verbringen, die sie nie gehabt hatten. Wir ließen die beiden gehen, und ich tanzte ausgelassen bis zwei Uhr nachts. Dann war ich wirklich müde. Oma Minnie durfte in meinem Zimmer schlafen und Schwester Martha auch, auf unserer aufblasbaren Doppelbettmatratze. Und Scarlett schlief natürlich zu ihren Füßen. Ich war so glücklich!

Und dann kam noch David ins Zimmer gehuscht, da schlief ich schon fast, und fragte, ob auch er bei uns schlafen könnte. Ich nahm ihn mit zu mir ins Bett. Es war so schrecklich, dass Kurt sterben musste, und ich war so froh, dass es David gab und Oma endlich ihre Schwester zurückhatte, an deren Überleben sie immer geglaubt hat.

Dreieinhalb Monate später

Es war Chanukka, und wir waren wieder in Eilat, der übliche Winterurlaub in der Sonne, aber dieses Mal war es anders, denn Betty und auch Djamil und Lea waren mitgekommen. Wir waren alle am Strand und genossen die Sonne und das sanfte Plätschern des Roten Meeres. Scarlett saß neben uns unter einem kleinen Sonnenschirm, weil Oma Minnie das so wollte. Scarlett genoss es offensichtlich, der absolute Mittelpunkt von Oma Minnie zu sein. Wir sollten aufpassen, dass es Scarlett nicht zu heiß wurde, dass sie genügend zu trinken hatte und so weiter. Lea schüttelte den Kopf über das alles. „Sowas soll ein richtiger Hund sein, dass ich nicht lache! Ich finde, die beiden Schwestern übertreiben das mit Scarlett, sie ist doch kein Baby!"

Djamil bemerkte klug wie immer: „Für Oma Minnie und Betty ist Scarlett nun ihr kleines Baby, das ist doch klar!"

„Wie gut, dass sie keinen Schnuller mehr braucht", sagte Lea sarkastisch, „wer weiß, nachher würde sie den noch verschlucken …"

„Lea!“, rief ich empört und sah zu Oma Minnie und Betty, die ausgelassen im Meer schwammen, wie zwei junge Frauen.

„Es ist so verrückt, dass sie wirklich Schwestern sind. Was die DNA-Analyse so alles kann“, sagte Lea nachdenklich.

Djamil hielt dagegen, dass man die Wissenschaft nicht überbewerten sollte, die beiden hätten es ja eh von allein gewusst. Außerdem belehrte er Lea, dass es auf Deutsch eigentlich nicht DNA, sondern DNS heißt.

Wie die beiden wieder fachsimpelten! Früher wäre ich eifersüchtig geworden. Aber jetzt wusste ich, dass Lea und Djamil sich nicht aus Spaß verhaken, oder weil sie sich toll finden, sondern weil beide immer recht behalten wollen. Aber es stimmte ja auch: Oma Minnie und Betty hatten sofort gespürt, dass sie Schwestern waren, trotzdem drängten sie alle, den Test machen zu lassen, um wirklich Gewissheit zu haben. Besonders die Großtante Erika Giebel hatte keine Ruhe gegeben, weil sie nicht an Wunder glaubte. Und so sind Oma Minnie und Betty dann zu einem Arzt gegangen, der die DNS, also die Desoxyribonukleinsäure – das Wort hat uns natürlich Djamil beigebracht –, von beiden untersucht hat, weil die ja alle Erbinformationen enthält und man so herausfinden kann, ob Minnie und Betty ganz ähnliche Gene haben. Und das haben sie!

Wieder einmal hatte Djamil also recht. Er ist eben etwas ganz Besonderes, weil auch er an sich und seine Gefühle glaubt, und deshalb immer davon ausgegangen ist, dass sein Vater und seine Großeltern noch leben. Und so war es dann ja auch: Sie sind unversehrt in Deutschland angekommen.

Plötzlich sagte Lea, die offenbar wieder ihren Sechsten Sinn spürte, zu mir und Djamil: „Ihr passt einfach zusammen. Ihr glaubt an Dinge, an die keiner mehr zu glauben wagt. Das wäre doch mal einen Kuss wert!" Lea grinste herausfordernd, und ich fand das ziemlich krass, um es mit Leas Worten auszudrücken.

„Einen Kuss in Ehren kann niemand verwehren …! Soll ich's euch vormachen?" Sie küsste Scarlett auf die Schnauze und sagte dann zu ihr: „Komm, Prinzessin, wir schwimmen eine Runde mit den Damen!" Lea rannte mit ihr ins Meer.

Djamil und ich blickten den beiden nach. Nach einer langen Weile sagte ich: „Djamil, ich bin in dich verliebt. Das wollte ich dir schon lange sagen, aber immer kam etwas dazwischen." Djamil sah mir in die Augen, und dann küsste er mich, und ich fühlte mich das erste Mal erwachsen und zu Hause in mir selbst. Ich küsste ihn zurück, dann sahen wir uns beide an. Djamil nahm meine Hand, und nun versank ich wirklich in seinen Augen aus Blaubeuren, aber ich hatte keine Angst mehr, dass ich darin ertrinken könnte.

Dann blickten wir beide zum Meer und sahen, wie Scarlett mit Oma Minnie und Betty im Meer herumtollte! Das sah so fröhlich aus, dass ich gleichzeitig lachen und weinen wollte, auch weil ich wieder an den allerletzten Tagebucheintrag von Minnie denken musste und wie sich jetzt alles gefügt hat. Hätte Emilia nicht dafür gesorgt, dass Minnie ihr Tagebuch zurückbekommt, wäre nichts so, wie es jetzt ist …

Kibbuz Evron, 3. Juli 1949

Liebes Tagebuch,

vor einer Woche kamst Du hier an. Du und die drei Steine. In einem Umschlag mit vielen deutschen Stempeln und Briefmarken. Emilia konnte mich nicht finden, wie auch, ich bin ja nun in Israel, deshalb hat sie Dich dem Suchdienst des Roten Kreuzes übergeben und der wusste ja, wo ich bin, und hat dafür gesorgt, dass ich Dich zurückbekomme. Ich konnte mich zuerst nicht über Dich freuen. Ehrlich gesagt, war ich erst richtig wütend, denn ich hatte immer noch die Hoffnung – obwohl ich es ja besser wusste, sonst wäre ich nicht nach Israel gegangen –, dass Vater und Mutter noch leben. Solange ich Dich nicht hatte, konnte ich daran glauben, dass sie Dich in Händen halten, einen Teil von Kurt und mir und Scarlett und Betty und Alma und all den Menschen, die uns begleitet haben.

Ja, so etwas gibt es, dass man die Hoffnung trotz besserem Wissen nicht verliert!

Aber nun bist du hier, und ich weiß, dass Du nicht bei Mutter und Vater warst. Dass sie nie erfahren haben, was mit Kurt passiert ist. Vielleicht ist das auch besser so. Emilia konnte Dich nicht zu ihnen bringen, weil sie weggebracht worden waren – nach Auschwitz. Aber sie hat Dich mit den drei Steinen gehütet, bis nach dem Krieg, und hat Euch versteckt. Auch weil sie immer Angst hatte, dass die drei Steine gestohlen werden könnten.

Zweiundzwanzig Kindern hat sie das Leben gerettet! Viele haben ihre Eltern und Geschwister verloren, genauso wie ich. Emilia wird uns bald besuchen kommen, Schmuel und mich.

Heute habe ich noch einmal alles gelesen, was ich aufgeschrieben habe. Von vorne bis hinten und von hinten bis vorne. Das hat mich sehr aufgewühlt. Alles ist wieder lebendig geworden. Plötzlich taten mir die Beine weh, und ich habe entsetzlich gefroren, obwohl ich keinen Schritt gelaufen bin und hier in der Hitze sitze. Ach, liebes Tagebuch, ich wollte nicht wütend auf Dich sein. Bist Du doch das Einzige, was ich jetzt noch von meiner Familie habe! Das Einzige! Durch Dich wird alles wieder lebendig: Vater und Mutter, die süße Betty und Kurt. Lieber kleiner Kurt! Emilia hat geschrieben, dass auf dem Grab von Kurt ein Edelweiß blüht. Jedes Jahr! Verrückt, nicht? Das werde ich mir beizeiten ansehen. Immerhin ist Kurt in Frankreich begraben und nicht in Deutschland, dann kann ich ihn auch dort besuchen gehen.

Obwohl – Deutschland? Ich habe mir überlegt, dass ich Betty so lange suchen werde, bis ich sie gefunden habe. Niemand weiß etwas von ihr. Sie ist einfach verschwunden – genau wie Scarlett. Deshalb ist es jetzt so wunderbar, dass Du bei mir bist, liebes Tagebuch. Ich hüte Dich für Betty, weil sie ja noch nicht einmal eine Erinnerung an Vater und Mutter hat und an ihren Bruder Kurt oder an mich. Wie auch? Sie war ja noch viel zu klein gewesen, für Erinnerungen. Und auch die drei Steine werde ich für sie hüten. Niemals werde ich sie hergeben, denn ich trage die Hoffnung in meinem Herzen, dass ich Betty eines Tages wiederfinden werde. Und diese Hoffnung gebe ich niemals auf.

ENDE

Kleines Glossar

Jüdisches Leben in Deutschland

Schon immer, seit der Römerzeit, haben auf dem Gebiet des heutigen Deutschlands Christen und Juden zusammengelebt. Doch während des sogenannten Dritten Reiches (1933–1945), als die Nationalsozialisten an der Macht waren, wurden Juden in Deutschland aus ihren bürgerlichen Berufen verdrängt und im Alltag immer mehr schikaniert. Nichtjüdische Deutsche („Arier") sollten nichts mehr mit Juden zu tun haben. 1938 wurden die Gotteshäuser der Juden, die Synagogen, geschändet und niedergebrannt. In den folgenden Jahren wurden Juden überall im von den Deutschen beherrschten Europa unbarmherzig gejagt, in Konzentrationslager abtransportiert, als Arbeitssklaven missbraucht, gequält und schließlich zu Millionen ermordet. Wäre es nach Hitler und seinen Kumpanen gegangen, hätte kein Mensch jüdischer Herkunft den systematischen Völkermord überlebt. Kaum vorstellbar, dass nach Kriegsende Juden jemals wieder freiwillig in Deutschland leben wollten. Und dennoch sind inzwischen sogar wieder 105 jüdische Gemeinden mit etwa 100.000 Mitgliedern hierzulande aktiv und unter dem Dachverband des Zentralrats der Juden organisiert. Dazu kommen zahlreiche nicht religiöse Menschen jüdischer Herkunft. Insgesamt, so die Schätzung, leben heute etwa 250.000 jüdischstämmige Menschen in Deutschland.

Arolsen
Bad Arolsen ist seit 1946 Sitz des Internationalen Suchdienstes. Diese Institution wird seit 1955 vom Internationalen Komitee vom Roten Kreuz geleitet und verwaltet. Die Finanzierung wird von der Bundesrepublik Deutschland geleistet. Der Internationale Suchdienst (ITS, englisch: International Tracing Service, französisch: Service International de Recherches) ist ein Zentrum für Dokumentation, Information und Forschung über die nationalsozialistische Verfolgung, NS-Zwangsarbeit sowie den ➔ Holocaust mit Sitz in der nordhessischen Stadt Bad Arolsen. Hauptaufgaben des ITS sind die Klärung des Schicksals von Verfolgten des NS-Regimes und die Suche nach Familienangehörigen, die Erteilung von Auskünften an Überlebende und Familienangehörige von NS-Opfern, Forschung, Pädagogik und Erinnerung sowie die Aufbewahrung, Konservierung und Erschließung von Dokumenten. Im Juni 2013 wurde das Archiv des Internationalen Suchdienstes von der UNESCO in das Weltdokumentenerbe aufgenommen.

Aschkenasische Juden
Als Aschkenasim (hebräisch) bezeichnen sich mittel-, nord- und osteuropäische Juden und ihre Nachfahren. Sie bilden die größte Gruppe im heutigen Judentum. Seit etwa 1200 war das weitgehend aus einem altertümlichen Deutsch bestehende Jiddisch die Sprache der meisten Aschkenasim, vor allem der Ostjuden. Anders die ➔ sephardischen Juden.

Bar Mitzwa/Bat Mitzwa
Auf Deutsch bedeutete das: gebotsmündig. Es ist ein Fest, bei dem die Juden die religiöse Mündigkeit eines Mädchens (Bat Mitzwa mit 12 Jahren) oder eines Jungen (Bar Mizwa mit 13 Jahren) feiern. Nach dem Gottesdienst wird ein von den Eltern des Bar oder der Bat Mitzwa gestifteter Imbiss für alle Teilnehmer des Gottesdienstes serviert. Und am Abend oder am nächsten Tag findet dann das große Fest statt, an dem sehr viele geladene Gäste teilnehmen.

Was die Mädchen angeht, so ist der Termin ihrer Volljährigkeit die Beendigung des 12. Lebensjahres. Von diesem Zeitpunkt an gilt das Mädchen als erwachsen und als heiratsfähig. Eine spezielle Zeremonie ist nicht obligatorisch und in gesetzestreuen Kreisen auch nicht üblich. In liberalen Gemeinden gibt es allerdings eine Art Mädcheneinsegnung, die als Bat Mizwa (Tochter der Pflicht) bezeichnet wird. In Deutschland ist eine derartige Zeremonie erstmals im Jahr 1817, und zwar in Berlin, belegt. Die Bat-Mizwa-Feier findet einmal im Jahr statt, und zwar im Rahmen des Gottesdienstes des Wochenfestes (Schawuot). Bei dieser Gelegenheit hält das nunmehr als erwachsen geltende Mädchen einen kleinen Vortrag über ein religiöses Thema, und der Rabbiner oder die Rabbinerin hält eine Ansprache, die sich speziell an das neue Gemeindemitglied richtet. In liberalen Gemeinden geht man heute so weit, dass für die Mädchen eine individuelle Zeremonie mit aktiver Teilnahme am Gottesdienst ganz entsprechend der Bar Mizwa der Jungen stattfindet.

Berches

Berches (oder Barches) ist der jiddische Name für das traditionelle Schabbatbrot. Auf Hebräisch wird es Challah genannt, und in den USA heißt das Brot, das bei keinem der jüdischen Feste fehlen darf, Challa. Über Jahrhunderte hinweg hatte das gesegnete Schabbatbrot keine spezielle Form. Aber um das 15. Jahrhundert begannen → aschkenasische Juden in Deutschland, das Brot in Zopfform zu backen, was sich bis heute erhalten hat.

Chanukka

Dieses jüdische Fest wird in Erinnerung an ein Wunder gefeiert. Es fand einst ein Kampf um den heiligen Tempel der Juden statt. Die Feinde wurden in die Flucht geschlagen, doch der Kampf hatte so lange angedauert, dass im Tempel kein Öl für das Licht mehr war, das immer brennen musste. Aber das Tempellicht ging nicht aus, es brannte immer weiter, acht Tage lang, bis schließlich neues Öl gebracht wurde. Zum Andenken an dieses Wunder feiert man

Chanukka acht Tage lang. An diesen Tagen steht die Chanukkia im Zimmer, das ist ein Kerzenhalter, in dem acht Kerzen stecken. Mit einer weiteren Kerze, die „Dienerkerze" genannt wird, zündet man jeden Tag eine Kerze mehr an, bis schließlich alle acht brennen. Der Kerzenleuchter steht am Fenster, und die Kerzen werden am Abend angezündet, sodass man auch von draußen die Lichter sehen kann und weiß: Dort feiert man Chanukka! Während die Kerzen brennen, sitzt die Familie beieinander, es wird gesungen und die Kinder spielen ein Glücksspiel mit „Dreidln". Der Dreidl ist ein kleiner Kreisel mit vier Seiten, auf denen je ein Buchstabe steht: das hebräische N, G, H und S. Diese Anfangsbuchstaben stehen für die Worte „Ein Großes Wunder geschah dort". Der Buchstabe, der obenauf liegt, wenn der Kreisel aufhört sich zu drehen, bestimmt, wie viel man gewonnen hat. Am letzten Chanukka-Abend gibt es kleine Geschenke und Süßigkeiten für die Kinder, die Erwachsenen essen Kartoffelpuffer und Krapfen. Und man wünscht sich: Frohes Chanukka!

Ermreuth

Ermreuth ist ein eingemeindetes Dorf des Marktes Neunkirchen am Brand im Landkreis Forchheim. Die Bevölkerung ist mehrheitlich evangelisch. Ab etwa 1500 siedelten sich viele Juden in Ermreuth an, die vermutlich aus Nürnberg vertrieben worden waren. 1711 wurde ein jüdischer Friedhof angelegt. 1811 lebten 44 jüdische Familien im Ort. 1822 wurde eine neue Synagoge eingeweiht, eine der größten Dorfsynagogen Oberfrankens. Gegen 1840 bekannten sich 220 der etwa 600 Ermreuther Bürger zum jüdischen Glauben. Seit 1871 durften sie nach dem Gesetz zur Gleichberechtigung aktiv am Gemeindeleben teilnehmen und beteiligten sich beispielsweise an der Gründung der Freiwilligen Feuerwehr. 1933 begann die Diskriminierung der jüdischen Mitbürger. In der Reichspogromnacht (umgangssprachlich auch Kristallnacht genannt) vom 9. auf den 10. November 1938 wurden sie misshandelt und ihre Wohnungseinrichtungen und die Inneneinrichtungen der Synagogen zerstört; auf dem Friedhof wurden Grabsteine umgeworfen. 15 der 19 noch ansässigen Juden wurden 1939 deportiert und ermordet, nur vier konnten rechtzeitig nach Amerika auswandern. Das Schloss Ermreuth fand im Dritten Reich als NSDAP-Gauführerschule Verwendung. Ab 1978 diente das Schloss als Hauptquartier der „Wehrsportgruppe Hoffmann". Diese neonazistische terroristische Vereinigung wurde 1980 verboten.

Holocaust

Holocaust oder Holokaust (griechisch für Totalverbrennung) ist neben dem hebräischen Wort Shoah das Wort für die weitgehende Ermordung der europäischen Juden durch Nazideutschland.

Jiddisch

Es handelt sich um eine rund tausend Jahre alte Sprache, die von ➔ aschkenasischen Juden in weiten Teilen Europas gesprochen und geschrieben wurde und teilweise noch heute gesprochen wird. Die Sprache soll aus dem Mittelhochdeutschen hervorgegangen sein und weist weiterhin Sprachelemente aus dem Hebräischen, Aramäischen, Romanischen und Slawischen auf. Die jiddische Sprache hat sich im Mittelalter im Zuge der meist durch Verfolgung bedingten Migration von Juden aus dem deutschsprachigen Gebiet in ganz Europa verbreitet, besonders in Osteuropa.

Kiddusch

Als Kiddusch (hebräisch: kadosch = heilig, auf Deutsch wörtlich „Heiligung", manchmal Segensspruch) wird der Segensspruch über einem Becher Wein bezeichnet, mit dem der Schabbat und die jüdischen Feiertage eingeleitet werden. Der Kiddusch wird abgeleitet aus dem 2. Buch Mose, Vers 20,8: „Gedenke des ➔ Schabbattages, dass du ihn heiligst."

Kippa
Die Kippa (jiddisch: Yarmulka) ist die tägliche Kopfbedeckung der strenggläubigen jüdischen Männer. Nicht ganz so gläubige Juden setzen die Kippa nur zum Beten auf oder wenn sie eine Synagoge oder einen anderen heiligen Ort wie einen Friedhof betreten. Orthodoxe Juden haben ihr Haupt immer bedeckt.

Nationalsozialisten
Die 1920 gegründete „nationalsozialistische deutsche Arbeiterpartei" (NSDAP) mit ihrem „Führer" Adolf Hitler kam 1933 auf demokratische Weise in Deutschland an die Macht, um sogleich die Demokratie zugunsten eines auf Hitler zugeschnittenen „Führerstaats" abzuschaffen. Die Nationalsozialisten oder kurz „Nazis" waren von Anfang für ihren ausgeprägten Antisemitismus berüchtigt.

Pessach
Am Pessachfest wird an den jüdischen Exodus, den Auszug der Israeliten aus Ägypten, erinnert, der nach der Bibel der Landnahme in Israel vorausging. Die Feierlichkeiten beginnen am Abend des ersten Frühlingsvollmondes und dauern in Israel sieben, in der Diaspora acht Tage.

Rabbi/Rabbiner
Rabbiner heißt auf Deutsch: „mein Lehrer". Der Rabbi steht an der Spitze einer Gemeinde. Er hat eine beratende, seelsorgerliche und unterweisende Funktion. In liberalen Gemeinden gibt es seit den 1930er Jahren auch Rabbinerinnen. Die erste Rabbinerin in Deutschland wurde 1935 ordiniert, also in ihr Amt eingeführt.

Schabbat
Das Wort Schabbat – auch Sabbat genannt – (jiddisch: Schabbes, auf Deutsch: Ruhetag, Ruhepause, von hebräisch schabat = aufhören, ruhen) bezeichnet im Judentum den siebten Wochentag, den Ru-

hetag, an dem keine Arbeit verrichtet werden soll. Im Prinzip ist der Schabbat ein Ruhetag wie der Sonntag in der christlichen Welt. Er beginnt wie alle Tage im jüdischen Kalender am Abend und dauert von Sonnenuntergang am Freitag bis zum Eintritt der Dunkelheit am folgenden Samstag an. Die traditionelle Schabbatfeier beginnt am Freitagabend zu Hause mit dem Schabbatsegen ➔ Kiddusch und einem Festmahl.

Sephardische Juden

Als Sepharden (oder hebräisch: Sephardim) bezeichnen sich die Juden und ihre Nachfahren, die bis zu ihrer Vertreibung 1492 und ihrer Verfolgung durch die Inquisition 1513 auf der iberischen Halbinsel, also im heutigen Spanien, lebten. Nach ihrer Flucht ließen sich die Sepharden im toleranteren türkischen Reich nieder, vor allem auf dem Balkan und in Nordwestafrika. Ein kleiner Teil siedelte sich auch in Nordeuropa an, insbesondere in den Seehandelsstädten Hollands, Norddeutschlands, Frankreichs und Italiens sowie in Übersee. In der griechischen Stadt Thessaloniki befand sich bis zur Besetzung durch deutsche Soldaten im Jahr 1941 die wohl größte europäische sephardische Gemeinde; Thesssaloniki hieß daher auch Jerusalem des Balkans. Die Kultur der Sepharden beruhte weiterhin auf der iberischen Kultur, und ihre Sprache ist ein altertümliches Spanisch. Darin unterscheiden sich die Sephardim von den ➔ aschkenasischen Juden.

Thora

Das Wort Thora heißt so viel wie Weisung, Lehre, Anleitung. Für Christen entspricht die Thora den fünf Büchern Mose (Pentateuch), dem Kern des Alten Testaments. Die Thora, die hebräische Bibel, ist für Juden „das Buch der Bücher“. Sie ist in hebräischen Buchstaben ohne Vokale geschrieben und umfasst die fünf Bücher Moses mit ihren 613 Vorschriften (248 Geboten und 365 Verboten).